독서 꼴찌 탈출기

독서 꼴찌
탈출기

초판발행일 | 2017년 5월 25일

지 은 이 | 전아름
펴 낸 이 | 배수현
디 자 인 | 박수정
홍   보 | 배성령
제   작 | 송재호

펴 낸 곳 | 가나북스 www.gnbooks.co.kr
출 판 등 록 | 제393-2009-12호
전   화 | 031) 408-8811(代)
팩   스 | 031) 501-8811

ISBN 979-11-86562-58-1(03800)

독서 꼴찌 탈출기

전아름 지음

CONTENTS ··· 목차

CONTENTS ··· 목차

—

"영원한 1등도,
영원한 꼴찌도 없다."

"포기하면 그 순간이 시합종료에요."

〈슬램덩크〉에서 중학시절 시합을 포기하려는 정대만에게 안 감독이 해준 말이다. 〈슬램덩크〉에서 정대만은 에이스는 아니지만 짠한 인물이다. 고등학교 1학년 때 부상으로 농구를 그만두게 된다. 그 때부터 삐뚤어지기 시작한다. 그러다 2년 만에 다시 팀으로 돌아온다. 산왕과의 경기에서 정대만은 손도 들 수 없을 만큼 체력이 힘에 부친다. 2년 동안 운동을 하지 않았기 때문이다. 아무리 중학 MVP이었다 하더라도 매일 운동을 해온 다른 선수들과는 차이가 날 수 밖에 없다. 그 때 정대만은 투혼의 3점 슛을 던지며 말한다.

"그래. 난 정대만, 포기를 모르는 남자지."

숫을 던지고 나서 가장 행복한 얼굴로 코트에 쓰러진다. 체력이 다한 것이다. 정대만은 에이스는 아니지만, 꼴찌도 아니다. 더 이상 마음 둘 곳 없어 방황하는 정대만이 아니다. 이 시합으로 인해 그는 자기 자신과의 싸움에서 이겼다. 존재가 바뀌었다. 만약 중학 MVP 출신인 그가 2년의 부상 없이 농구를 했더라면 투혼의 3점 숫을 던질 수 있었을까? 필자는 그렇지 않았을거라고 생각한다. 2년의 결핍이 날라리에서, 진짜 농구를 사랑하고 즐기는 선수로 만든 것이다.

7년 전 만해도 필자는 책을 1권도 읽지 않던 사람이었다. 20살 때는 재수하느라 읽지 못했다. 21살 때는 뒤늦게 들어간 대학의 자유를 만끽하느라 놀기 바빴다. 그렇게 2년 동안 놀았다. 23살 때는 건강상의 이유로 휴학을 했다. 그렇게 24살이 됐다. 1학기에는 동아리에 빠져있었다. 그러다 여름방학을 맞이했다. 우연히 읽은 책 한 권이 폭풍처럼 영혼에 휘몰아쳤다. 내 꿈이 무엇인지, 어떻게 살아야 하는 지 처음으로 진지하게 생각해보게 되었다.

그 때부터 조금씩 책의 매력에 빠져들었다. 그렇게 햇수로 6년째 독서를 하고 있다. 그 동안 읽은 책은 1000권이 넘는다. 필자는 지극히 평범했다. 전문대를 나왔고 학점도 평범하게 3.0으로 졸업했다. 나중에 졸업증명서를 떼보니 과에서 거의 뒤에 있었다.

졸업 후 원하는 병원에 합격했고 사회에 첫 발을 내딛게 되었다. 그러나 일하고 얼마 되지 않아 난관에 봉착했다. 실습을 해온 터라 병동 분위기를 알고 있었지만 이 정도일 줄은 몰랐다. 해야 할 일은 많았고 난이도 또한 쉽지 않았기 때문이다. 거기다 여기저기서 들어오는 환자들의 컴플레인(고객 클레임)을 처리해야 했다. 1년차 때는 매일 혼났던 것 같다. 그렇게 혼난 날도 어김없이 책을 폈다.

책을 읽으면 일하면서 들었던 싫은 소리, 잊어버리고 싶은 기억이 희석됐다. 내가 받았던 설움, 아픔, 눈물 때문이라도 반드시 성공하리라고 다짐했다. 그렇게 독서의 힘으로 병원 생활을 버텼다. 병동에서 일할 때 필자는 위태로웠다. 그 때 나를 긍정적으로 봐주는 사람이 거의 없다고 느꼈다. 한 달에 몇 번씩이나 사건 보고서를 썼고, 어떤 선배는 대놓고 상처주는 말을 하기도 했다.

그랬던 필자가 지금은 책을 1000권 넘게 읽는 사람으로,

또 책을 쓰는 작가로 탈바꿈했다. 주변에서는 책이 나온다고 하니 갑자기 달라졌다는 식으로 반응하기도 한다. 그러나 필자는 이 꿈을 5년 전부터 그려왔다. 5년 전이면 사고를 치거나, 사건 보고서를 썼었고, 선배들에게 좋은 소리를 듣지 못했던 때다.

하지만 필자는 꿈이 이루어진다고 믿었다. 그래서 그 시간을 버틸 수 있었다. 3년 전, 처음 원고를 썼다. 출판사의 연락을 기다렸지만 퇴짜를 맞았다. 그러나 그 때 시도하지 않았더라면 지금 이렇게 내 이름으로 된 책이 세상에 나오지 않았을 거라고 생각한다.

30대가 되고 사회에 나와 보니 할 수 있는 말은 "행복은 성적순이 아니다."는 말이다. 또 "영원한 1등도, 영원한 꼴찌도 없다."는 말을 절실하게 느낀다. 공부 1등이 사회 1등은 아니라는 것을 경험으로 배웠기 때문이다. 인생에는 언제나 변수가 있다. 꿈을 이루고 못 이루고의 차이는 그 변수를 캐치하고 어떻게 활용하는가에 달렸다. 1등이 아니라도 변수는 캐치할 수 있다. 그러기 위해서는 무엇이 기회인지 알아차리는 안목이 있어야 한다.

지금 당신의 모습이 불만족스러운가? 지금 당신의 환경이 불만족스러운가? 국가나 사회가 내가 내는 세금만큼 해주는 것이 없는가? 그렇다면 책을 읽어야 한다. 안목을 넓혀야 한다. 그리고 힘을 가져야 한다. 내가 마음에 들지 않는 것들을 바꿀 수 있는 힘이 있어야 한다.

책에는 수많은 당대 최고 엘리트들의 생각과 비법이 담겨 있다. 그런 책이 내 머리에 100권, 1000권, 10000권이 들어있다고 생각해보라. 인생을 보는 관점, 사고방식이 바뀔 수밖에 없다. 부정적인 사람도 긍정적인 사람으로 바뀐다.

어떤 사람은 자신이 원하는 것을 갖고 원하는 일을 하며 산다. 그러나 어떤 사람은 자신이 원하는 것도 갖지 못하며, 원하는 일을 하지도 못한다. 그 차이는 무엇일까? 바로 '생각'이다. 인생을 바라보는 관점, 사고방식, 삶에 대한 태도가 그런 차이를 만든다. 책은 이 세 가지를 단련하는데 있어 독보적이다.

책을 읽고 1권, 2권 자신의 삶에 적용해간다면 꼴찌도 1등이 될 수 있다. 지금까지 책을 읽어본 적이 없다고? 그래도 괜찮다. 이 책은 그런 사람을 위한 책이다. 평범한 사람들이 비범해지기를 기도하고 바라는 그런 책이다.

이 책의 활용법은 다음과 같다. 1장에는 독서가 되지 않는 이유를 필자 나름대로 분석했다. 2장은 필자가 독서를 하는 이유를 정리했는데, 독서의 장점이라고 생각해도 무방하다. 지루하면 1, 2장은 건너뛰어도 좋다. 하지만 2장의 에피소드 2. 내가 책을 읽는 이유는 꼭 읽어보기를 바란다. 그리고 나서 3장부터 읽기를 권한다. 3장부터 8장까지 읽고 나서도 시간이 남거나 더 읽고 싶다면 그 때 2장을 읽으면 좋다.

2장은 왜 책을 읽어야 하는지에 대한 필자의 답이다. 목차를 보면 독서를 나에게 맞게 습관화시키는 방법을 정리했다. 3장은 환경, 4장은 건강, 5장은 마음, 6장은 시간, 7장은 사람, 8장은 책으로 구분했다.

독서를 꾸준히 재밌게 하는 비결은 아주 간단하다. 나에게 쉽고 재밌는 책을 지속적으로 읽는 것이다. 그러기 위해서는 약간의 요령이 필요하다. 그 요령을 3장부터 8장까지 정리했다. 약간의 요령을 곁들어서 독서를 하면 꼴찌도 1등이 되는 독서를 할 수 있다. 평범한 사람들이 성공하는 세상. 나의 성공이 누군가의 성공을 부르는 사회. 그런 나라를 꿈꾸며 독자들의 독서와 인생을 응원한다.

2017. 3. 전 아 름

독서,
제자리걸음만
했던 이유

01

—

진짜 재밌는 책을
아직 만나지 못했다

난 너를 믿었던 만큼 난 내 친구도 믿었기에 난 아무런 부담 없이 널 내 친구에게 소개 시켜줬고 그런 만남이 있은 후로부터 우리는 자주 함께 만나며 즐거운 시간을 보내며 함께 어울렸던 것뿐인데 그런 만남이 어디부터 잘못됐는지 난 알 수 없는 예감에 조금씩 빠져들고 있을 때 쯤

– 잘못된 만남/ 김건모 가사 中–

한 번쯤은 들어봤을법한 90년대 유행가다. 내 친구와 내 여자친구가 연인이 되고 주인공은 그 잘못된 만남을 후회하고 있다. 그래서 작곡가는 이 노래의 제목을 '잘못된 만남'이라고 지었다. 처음 시작이 껄끄럽다면 끝도 껄끄럽다. 책도 마찬가지다. 나와 맞지 않는 책을 고르면 독서가 얼마나 재밌고 유익한 활동인지 알 수 없다.

여기서 나와 맞지 않는 책이란,

첫 번째, 심하게 재미가 없는 책. 두 번째, 내가 읽기에는

너무 어려운 책이다.

재능이 있는 사람은 노력하는 사람을 이기지 못하고 노력하는 사람은 즐기는 사람을 이기지 못한다고 한다. 그런 점에서 내가 어떤 책에 끌리는가 혹은 어떤 책에 재미를 느끼는 가는 아주 중요하다. 책 선정의 0순위라고 할 수 있다. 필자는 만화책을 좋아한다. 그 중에서는 인생책이라 불리는 책도 몇 권 있다.

〈슬램덩크〉를 보면서 농구에 대한 이해, 스포츠 정신을 배웠다. 덕분에 지금도 농구 경기를 보는데 큰 어려움이 없을 정도다. 만약, 농구 전문가에게 농구 용어나 규칙을 배웠더라면 이렇게 재밌게 배우지는 못했을 것이다. 〈상남 2인조〉, 〈GTO 반항하지마〉를 보며 꼴통도 노력하면 좋은 어른이 될수 있다는 것을 알았다. 공부를 못한다고 혹은 공부를 잘한다고 사회에서 좋은 어른이 되는 것과는 상관없다는 것을 깨달았다.

공부라는 어쩌면 스펙의 한 단면보다는 어떤 마음과 어떤 결정을 내리느냐가 훨씬 더 중요하다는 것을 배울 수 있었다. 그것은 보이는 면으로만 사람을 판단해서는 안 된다는 깨달음도 주었다. 또, 〈미스터 초밥왕〉을 보면서 일에는 높고 낮음, 중요도가 없다는 것을 깨달았다. 그보다는 내가 어떤 마음을 가지고 일하느냐가 훨씬 더 중요했다. 만화를 읽는 내내 장인정신이 느껴졌다. 요리에 대한 열정과 세심함을 배울 수 있었다.

지금 필자가 소개한 〈슬램덩크〉, 〈상남 2인조〉, 〈GTO 반항하지마〉, 〈미스터 초밥왕〉은 다 만화책이다. 스토리로 보면 여느 소설책으로 내놓아도 손색이 없을 정도다. 이렇게 나의 관심분야나 좋아하는 작가의 작품위주로 찾아 읽는다. 그러다보니 망하는 경우가 거의 없다. 첫 장을 넘기면서 설레는 마음으로 읽고 마지막장을 덮을 때 아쉬운 마음으로 덮는다.

경우에 따라 이 책의 이야기가 끝이 나지 않기를 바라기도 한다. 마치 드라마의 다음화가 기다려지는 것처럼 책을 읽는 셈이다. 특히 김진명 작가님의 작품을 읽을 때 그럴 때가 많다.

필자는 이런 식으로 작가와 분야를 넓혀왔다. 재밌는 책,

읽기 쉬운 책부터 읽지 않았더라면 이렇게 독서가 확장되지 않았을 것이다. 그 자리에 멈춰있을 것이다. 사람들이 독서에 빠지지 않는 가장 큰 이유는 정말 재밌는 책을 만나지 못했기 때문이다. 나에게 재밌는 책보다는 베스트셀러라든지 다른 사람들이 많이 읽는 책을 읽으려 하기 때문이다.

그러나 그것은 어디까지나 평균 사람들의 취향과 수준이다. 나의 취향과 수준과는 다르다. 많은 사람들이 그 부분을 간과한다. 그래서 독서에 재미를 느끼기도 전에 포기해버린다. 오히려 책에 대한 오해와 선입견이 생기기도 한다. 그러면 책은 어렵고 재미없는 것이 된다.

그러나 생각해보면 모든 일에는 순서와 단계가 있다. 피아노를 배울 때도 바로 체르니부터 배우지 않는다. 기초라 불리는 바이엘부터 시작한다. 차차 실력이 늘면 체르니, 하농 등을 배운다. 피아노를 처음 치는 사람에게 처음부터 체르니를 가르쳐준다고 치자. 과연 그 사람이 피아노에 흥미를 느낄 수 있을까? 소화할 수도 없을뿐더러 흥미를 느낄 수도 없을 것이다. 왜냐하면 그 사람의 수준을 고려하지 않았기 때문이다.

독서도 마찬가지다. 내가 소화할 수 없는 책을 읽는 것은 시간을 낭비하는 셈이다. 왜냐하면 그 시간에 당신이 흥미를 느낄만한 좋은 책들이 아주 많기 때문이다.

어떻게 나에게 맞는 책을 고른냐고 묻는다면, 시간이 해결해준다는 뻔한 말을 할 것이다. 책을 읽다보면 책 속의 작가가 추천하는 책이 있다. 어떤 작가는 많은 책을 추천하기도 하고, 조금 언급만 하는 작가도 있다. 그 중에서 당신이 끌리는 책을 찾아 읽으면 된다. 또, 독서 모임에 나가는 것을 추천한다. 뒤에서도 이야기 하겠지만 독서 모임을 통해 좋은 책을 추천받는 경우가 많기 때문이다.

그런 책을 더 찾고 싶다면 주위에 책을 좋아하는 사람들과 자주 만나는 것이 좋다. 그리고 영향력있는 사람들은 어떤 책을 읽는 지를 눈여겨보자. 가끔 필자는 강연회에 간다. 강연 도중 강사가 추천하는 책이 있다. 그러면 메모해두었다가 그 책을 찾아 읽는다. 전제 조건은 어떤 사람이 추천하는 가가 핵심이다. 그 사람이 영향력있는 사람이라면 반드시 읽어볼만한 가치가 있다.

또, sns나 카페를 유심히 보기 바란다. 독서 카페 등에는 추천 도서 리스트가 잘 나와있다. 그 리스트의 책만 읽어도 꽤 괜찮은 책이 많을 것이다. 필자가 독서 초보였던 시절 자주 사용했던 방법이다. 물론 모든 책을 그렇게 읽은 것은 아니다. 그 중에서도 제목이 끌리거나 관심분야의 책을 집중적으로 읽었다.

6년전 여름, 필자는 진짜 재밌는 책 한 권을 만났다. 읽는 내내 두근거렸고 용기와 희망의 감정이 용솟음쳤다. 이것이 독서의 힘이다. 진짜 재밌는 책 한 권을 만나면 10권, 100권, 1000권을 읽는 것이 어렵지 않다. 독자들이 그런 책 한 권 만나기를 기대한다.

02
―

시간이 없다는 말은
거짓말이다

책을 읽을 시간이 없다는 말은 당신이 책에 관심이 없다는 증거다. 책을 사랑하지 않는다는 뜻이다. 한꺼번에 책 한 권을 읽을 생각을 하지 마라. 내키는 만큼만 읽으면 된다. 기분 좋을 만큼만 읽고 지루하기 전에 손을 떼라. 하루 10분을 읽을 수도 있다. 누군가는 하루 30분을 읽을 수도 있다. 이런 식으로 늘려나가면 시간은 기하급수적으로 늘어난다.

독서는 시간의 문제가 아니다. 하루 24시간의 우선순위를 어디에 둘 것인가의 문제다. 관심이 있으면 시간을 들이고 공을 들이게 마련이다. 당신의 우선순위에 독서를 끼워놓는 순간, 읽을 시간은 분명히 생긴다.

하루는 24시간이다. 초등학생도 그건 안다. 어떤 책에서는 인생의 시간곡선을 이렇게 표현했다. 인생의 3분의 1은 일하는데 사용하고, 3분의 1은 자는데 사용한다. 그렇다면 실제적으로 사용할 수 있는 시간은 3분의 1이다. 그렇다면 그 3분의 1에는 좋아하는 일을 하며 살아야한다는 게 책의 결론이었다. 우리는 시간이 없다고 말하면서도 밥을 먹고 잠을 자고 화장실에 간다. 왜냐하면 그것이 인간의 기본적인 욕구이기 때문이다. 삶이기 때문이다.

처음 습관을 길들이기는 어렵다. 그러나 하다보면 익숙해진다. 인간은 적응이라는 선물을 창조주에게서 받았다. 시간이 없다면 시간을 만들면 된다. 남는 시간을 짜내면 어떻게든 시간은 나온다. 그 시간에 책을 읽으면 된다. 이렇게 말로 하자니 간단해 보인다. 실제로도 간단하다. 어쩌면 재수가 없다고 생각할지도 모르겠다. 그러나 일단 한 번 해보면 필자가 왜 이런 말을 했는지 알게 될 것이다.

필자는 〈시간 투자법〉이라는 책을 통해 독자들과 시간에 대해 이야기해보고자 한다.

이 책에 의하면, 시간에는 사분면이 있다.

첫 번째, 소비 시간. 우리가 직장에서 업무를 보는 시간이

나, 주부에게는 집안일이나, 청소 등이 이에 속한다.

두 번째, 투자시간. 외국어 공부를 한다든가 시험을 준비하는 시간이다. 창업을 준비하는 사람에게는 발품을 팔아 자리를 알아보는 시간도 속한다. 필자에게는 독서 시간과 집필 시간이 이에 속한다.

세 번째, 낭비시간. 통근시간이나, 진료를 보기 위해 기다리는 시간, 의미 없는 사람들과 연락하는 시간 등이 이에 속한다.

네 번째, 허비시간. 게임이나 TV 프로그램을 제한 없이 시청하는 등, 이동 시간 중에 가만히 흘려보내는 시간 등이 이에 속한다.

그래서 가장 이상적인 시간은 낭비, 허비 시간을 줄여 투자 시간을 늘리는 것이다. 소비 시간의 경우는 미리 프로세스를 만들어 놓으면 시간을 절약할 수 있다. 이 책 저자의 경우, 연락을 최소화하는 방법을 사용했다. 핸드폰 연락은 중요도나 긴급한 것에 한해 확인하는 시간을 정했다. 그 대신 메일로 연락을 주고받는 프로세스를 만들었다.

또 메일도 기본적인 안부 인사나 답장을 해야 하는 경우는 답장 메일 서식을 만들어 시간을 단축할 수 있게 했다.

〈시간 투자법〉에서 말하는 것처럼 낭비, 허비 시간을 잡아 투자의 시간을 늘려야 한다. 투자의 시간이 늘어날수록 자신에게 투자할 수 있는 시간은 늘어난다. 나에게 투자할 시간이 늘어난다는 것은 내가 하고 싶은 일을 할 수 있는 가능성이 늘어난다는 것이다.

그 시간을 초월하면 다람쥐 쳇바퀴 돌 듯 시간에 쫓겨 살았던 삶에서 벗어날 수 있다. 진짜 내가 하고 싶은 일에 시간을 쓸 수 있다. 이 시간을 모으면 통으로 1시간이 생기지는 않더라도 20분 30분 정도의 시간은 생긴다. 이 시간에 독서를 하면 된다. 이제 필요한 것은 실행력이다.

03

─

지루함을
견디지 못했다

버티면 책은 읽힌다. 포기하지 않고 지루함을 견디면 언젠가 책이 읽히는 날이 온다. 작가의 말이, 책 속의 말들이 깨달아지는 날이 반드시 온다. 앞에서 필자는 재미있는 책을 먼저 읽으라고 이야기했다. 세상에는 내가 읽을 만한 재미있는 책이 아주 많기 때문이다. 그러나 읽다보면 재미있는 책도 재미없어질 때가 있다. 그 때 계속 읽을 것인가 말 것인가 선택의 기로에 놓인다. 어떤 선택을 하느냐에 따라 지속적인 독서가 결정된다.

이것은 독서에만 해당되는 이야기가 아니다. 우리 인생 전반에 걸친 이야기다. 모든 것에는 타이밍이 있다. 그 타이밍에는 기다림이 필요하다.

필자는 간호사였다. 3~4월이 되면 가장 많은 의사와 간호사가 병원에 배치된다. 3~4월이 가장 사건 사고가 많을 때다. 의사도 초짜, 간호사도 초짜이기 때문이다. 병원에서 일하는 동안 의사가 도망가는 것도 봤고, 후배 간호사가 도망가는 것도 봤다.

한 명의 의사와 간호사는 어떻게 만들어지는가?

수많은 사건 사고와 실패로 만들어진다. 한 명의 의료인을 만들어내는 데는 엄청난 시간과 노력, 주변 사람들의 도움이 필요하다. 처음에는 주사도 잘 못 놓는다. 피검사를 해야 하는데 오래 걸리기도 한다. 이때 주위 사람들은 답답함을 느낀다. 그럴 때 필요한 게 버티기다. 선배들이 도와주기도 한다. 하지만 아직 일이 익숙하지 않은 터라 뭐 하나를 시키면 엄청 오래 걸리고, 심지어 해내지도 못한다.

그럴 때 신규 간호사는 혼란을 느낀다. 이 일이 자신의 적성에 맞는지 고민한다. 그것을 견디지 못하고 그만두는 사람도 많다. 의사도 사정은 비슷하다. 그 때 필요한 것은 나를 믿는 마음과 시간이다. 주변 사람이 나에게 아무리 뭐라고 해도 흔들리지 않는 마음이면 충분하다. 버티면 분명히 실력은 늘게 되어 있다. 6개월에서 1년이 지나면 신규 티는 벗는다. 그러면 어느 정도 일이 손에 익게 된다.

독서도 그런 마음이 필요하다. 지금은 엄청 재밌지는 않아도 버티다보면 읽기가 주는 재미와 기쁨에 빠지게 된다. 그러기 위해서는 시간이 필요하다. 어떤 날은 잘 읽히지 않는 날도 있다. 억지로 읽은 적도 있다. 그 시간을 버틸 수 있었던 이유는 변화에 대한 갈망 때문이었다. 나를 둘러싼 환경과 현재 내 모습에 만족할 수 없기 때문이었다.

필자라고 모든 책을 재밌게 읽은 것은 아니다. 술술 읽히는 책이 있는가 하면, 어떤 책은 버티고 또 버텨서 의지로 읽기도 했다. 그렇게 읽다보면 처음에는 재미없지만 나중에 재밌어지는 책이 있다. 반대로 처음과 나중이 똑같이 재미없는 책도 있다. 시간이 지나면 끝까지 다 읽지 않아도 그것을 분별하는 판단력이 생긴다.

그러다보니 독서가 낙이 되었다. 재밌어졌다. 읽는 속도가 빨라졌다. 책을 읽고 내용을 파악하는 이해도도 높아졌다. 좋은 책을 고르는 나만의 기준이 생겼다. 모든 일에는 기다림이 필요하다. 긴 겨울이 지나야 봄이 오고 꽃이 핀다. 독서의 열매는 버티기에서 맺힌다. 지루함을 버티면 책이 스르르 읽히는 날이 온다.

04

—

독서의 이유를
찾지 못했다

왜 책을 읽는가? 〈독서 8년〉을 읽고 내 자신에게 했던 질문이다. 필자가 책을 읽는 이유는 변화에 대한 갈망이었다. 진심으로 변하고 싶었다. 그 당시 필자는 대학생이었다. 취업이 정해져 있었다. 그런데 어느 날 손에 잡은 책 한 권이 터닝 포인트가 됐다. 책의 깊숙한 저 끝까지 들어가고 싶게 만들었다. 포기했던 꿈을 생각나게 만들었고 그 마음은 성장에 대한 간절함으로 바뀌었다.

금수저도 아니었으며 내 존재 역시 지극히 평범했다. 이 평범함의 고리를 끊고 싶었다. 적어도 내 아이에게는 하고 싶은 일을 하며 살라고 격려하는 부모가 되고 싶었다. 그러기 위해서는 달라져야 했다. 나부터 그런 삶을 사는 사람이 되어야 했다.

필자가 중학교에 다닐 때 우리 학교는 유도부 특화 학교였다. 1학년 때 같은 반 여자애가 유도부원이었다. 그 친구는 유도를 하면서도 성적이 상위권이었다. 그래서 선생님들은 그 친구를 예뻐했다. 친구의 성실함을 칭찬했다. 유도부원들은 학교에서 합숙생활을 했다.

집에는 한 달에 1~2번 정도 간다고 했다. 학교와 집이 그리 멀지는 않았지만, 훈련과 시합이 가까워지면 더 연습을 해야 했기 때문이다. 그 때는 친구의 그런 삶에 관심 없었다. 그냥 운동하는가보다 했다.

그러던 어느 날, 어쩌다보니 학교에 일찍 가게 됐다. 추운 겨울임에도 유도부원들은 운동장을 돌고 있었다. 그것을 이 친구는 매일 해왔겠구나 라는 생각이 들었다. 갑자기 친구에 대한 경외함이 밀려왔다. 지금 생각해봐도 정말 대단한 친구다.

그 때 그 친구는 유도에 모든 것을 걸었다. 내가 누렸던 친구들과의 우정, 아침에 일어나기 싫어 엄마에게 부렸던 투정이 그 친구에게는 사치였다. 친구는 그런 것들보다 조금 일찍 꿈을 선택했던 것이다.

〈세상에 너를 소리쳐〉에서 빅뱅의 리더 권지용은 말한다. 남들보다 조금 일찍 시작했고, 그래서 남들보다 조금 더 잘 하게 됐다고 말이다. 책표지에 보면'빅뱅 13140일의 도전' 이라고 쓰여 있다. 실제로 365일로 나눠보니 36년이 걸렸 다. 13140일은 멤버 다섯 명이 데뷔하기까지의 일수를 더한 것이다. 36년을 5로 나누면 평균 7.2년의 시간이 걸린다.

권지용, 동영배와 같은 멤버는 초등학생부터 연습생 생활 을 했다. 언제 데뷔할지 모르는 상황이었고 불확실성과 싸우 는 매일이었다. 우리나라에서 연예인을 꿈꾸는 사람은 많다. 그러나 실제 데뷔하는 사람은 몇 프로나 될까? 그리고 나 자 신에게 묻는다. 내가 이 정도로 뭔가가 몰입한 적이 있었는 가를, 모든 것을 쏟아 부은 적이 있었는가를.

독서에도 동기가 필요하다. 동기가 있고 없는 사람의 읽기 는 다를 수밖에 없다. 처음에는 비슷해 보인다. 그러나 시간 이 지날수록 격차는 벌어진다. 동기는 행동을 지속시키는 힘 이 있다. 실제로 바이올린을 배우는 아이들을 대상으로 조사를 했다. 바이올린을 언제까지 할 것인지 물었다.

A집단은 1년만 한다고 말했다. B집단은 취미로 한다고 말했고, C집단은 평생할 거라고 말했다. 어느 집단이 가장 오래 바이올린을 연주했을까?

정답은 C집단이다. 이들은 연습량에서도 절대적으로 앞섰다. A집단이 30분, B집단이 1시간 연습했다면 C집단은 2~3시간 이상 연습했다. 그리고 미래에 C집단의 아이들은 자신이 말한 것처럼 음악과 관련된 일을 하는 아이들도 있었다.

당장 없는 동기를 만들 수는 없다. 그러나 동기도 만들어질 수 있다. 긍정적인 내용의 책을 지속적으로 읽어라. 그렇게 1권이 2권되고, 10권, 50권, 100권, 1000권 가까이 되면 없던 동기도 생긴다. 내 안의 부정적인 사고가 긍정적인 관점의 책과 만나 충돌한다. 독서량이 많을수록 긍정적인 피드백이 축적된다.

그러면 부정적인 사고에서 긍정적인 사고로, 관점으로 변화하게 된다. 꿈이 없는 사람은 꿈을 꾸게 된다. 필자가 그랬다. 책을 읽지 않았다면 월급만큼의 삶에 만족하면서 살았을 것이다. 이렇게 책을 쓸 생각도 하지 못했을 것이다.

왜 책을 읽는가에 대한 질문은 어떻게 살아낼 것인가에 대한 질문이다. 그에 대한 답을 찾아내는 것이 읽기의 여정이다.

인생에서 책과
마주칠 확률

동전에는 양면이 있다. 앞과 뒤다. 동전 앞이 나오면 내가 이기고 뒤가 나오면 상대방이 이기는 게임. 어렸을 때 한 번쯤은 해봤을 법한 놀이다. 인생에서 책을 마주치는 것도 동전의 양면과 같다. 50대 50의 확률이다. 거리를 걷다보면 대형서점 뿐만 아니라 중고서점이 많이 있다. 지하철을 타러 가는 역과 역 사이에도 역전서점이 있다. 우리는 이런 서점들을 한 번씩은 지나친다.

선택은 두 가지다. 하나, 책을 구경하거나 산다. 둘, 그냥 지나친다. 책을 읽는 사람들은 전자를 선택한다. 책을 읽지 않는 사람들은 후자를 선택한다. 6년 전 여름, 필자가 했던 그 선택이 오늘의 나를 결정했다고 생각한다.

6년 전 여름, 필자는 대학 졸업반이었다. 졸업 이후에는 진로가 이미 결정되어 있었다. 간호과는 여름방학 이전에 취업을 하는 경우도 있다. 그래서 취업스펙을 준비하는 친구들보다는 여유로웠다. 그러나 우리는 남들이 종강이다 뭐다 놀러 갈 때, 방학 때도 실습을 해야 했다. 찜통더위에 과제를 밤새워 쓰는 날이 부지기수였다.

새벽바람부터 실습 병원까지 가던 기억이 생생하다. 실습생이 하는 일은 별로 없었다. 운이 좋으면 잘 챙겨주는 선생님을 만날 수 있었고 앉아서 자료를 준비할 수 있는 시간도 있었다.

실습이 끝나고 무엇에 이끌렸는지 서점에 갔다. 그 때 눈을 확 사로잡은 책 한 권이 있었다. 〈꿈꾸는 다락방〉 이라는 이지성 작가의 책이었다. 그 책이 몇 년 전부터 뜨고 있었다는 것도 몰랐다. 자기계발서 라는 것도 한참 후에야 알았다. 그만큼 책에 관심이 없었다.

프롤로그부터 강력했던 이 책은 알라딘의 요술램프를 꿈에 비유했다. 아주 오랜만에 책을 폈지만 읽는 내내 두근거렸다. 책에서 작가가 말하는 대로 VD(visual dreamiming)를 열심히 했다. 꿈 리스트를 적고 노트를 만들기도 했다. 갖고 싶고 되고 싶은 것을 사진으로 붙여 놓기도 했다. 그 날 이후 꿈에 미쳐있었다. 책에 빠져버렸다.

곧, 이지성 작가의 다른 책도 읽기 시작했다. 〈여자라면, 힐러리처럼〉을 읽고 20대의 인생 계획을 세웠다. 그 외에도 〈스물일곱, 이건희처럼〉, 〈20대, 자기 계발에 미쳐라〉, 〈18시간 몰입의 법칙〉, 〈리딩으로 리드하라〉등 이지성 작가가 쓴 책은 거의 다 읽었다. 이지성 작가의 책을 읽으면서 독서의 재미를 느꼈다. 그리고 자연스럽게 읽을 만한 책을 찾아보게 됐다.

그 때는 몰랐다. 그게 독서 습관이 되었다는 것을. 지금까지도 그 습관이 5년이 넘게 유지되고 있다. 지금도 당신의 눈에 스쳐지나가는 책은 있다. 선택은 두 가지다. 읽던가, 읽지 않던가. 그러나 읽던 쪽을 택한 사람으로서 말할 수 있다. 인생의 수많은 선택 중에서 가장 잘했던 몇 안 되는 선택이었다고. 독서는 우연을 기회로, 필연으로 바꾸는 힘이 있다.

내가
책을 읽는
이유

01

**롤모델로부터
배운다**

당신에게는 롤모델이 있는가? 혹시 있다면 몇 명이나 있는
가? 10대 때는 선생님이 롤모델 이었다. 방학 기간에도 월급
을 받는다는 것과 해외여행을 가는 선생님을 봤던 것도 매력
적이었다. 20대 때는 간호사가 롤모델 이었다. 20살, 친구와
맥주 한 잔을 마셨던 그 밤을 잊지 못한다. 그 날 밤 우리는
서로의 고민과 꿈을 나눴다. 친구는 너라면 할 수 있을 거라
고 말해주었다.

그 때 필자는 재수생이었다. 모의평가 점수는 간호과에 가
기에는 꽤 많이 모자랐다. 운 좋게도 20대 중반 그 꿈을 이룰
수 있었고 그 때는 그게 내 꿈이라고 믿었다. 그러나 3학년 여
름방학을 기점으로 변하기 시작했다. 우연히 읽게 된 한 권의
책이 모든 것을 헝클어뜨렸다. 진짜 내 꿈이 뭐지? 그 날 이후
내 자신에게 계속 질문했다. 그 답을 찾기 위해 그 해 50권의

책을 읽었다. 병원에 입사한 이후에도 독서는 계속됐다.

책을 읽으면 읽을수록 신기하게도 롤모델이 많아졌다. 만나고 싶은 사람들이 많아졌다. 독서 부분에서는 다독하는 저자들을 존경하게 됐고, 관계 부분에서는 데일 카네기, 재정 부분에서는 50억의 빚을 갚고 사업체를 세운 대표를 존경하게 됐다. 롤모델을 실제로 만나기도 했다. 롤모델을 닮고 싶어서 고가의 비용을 들여 배운 적도 있다. 책을 읽지 않았던 지난 24년을 뒤돌아보면 상상도 할 수 없는 일이었다. 저자 강연회에 가기도 했다.

책을 읽고 그 책을 쓴 작가에게 받는 사인은 묘한 감동과 기분을 느끼게 했다. 그래서 필자의 서재에는 저자의 친필 사인이 기록된 책이 많다. 그런 책들은 더 애정이 간다. 그들을 만나서 배우고자 했던 지난날의 열정이 녹아 있기 때문이다. 어떤 저자는 만날 수 없거나 역사 속으로 사라진 사람들도 있다. 그런 사람들은 만날 수는 없지만 그렇다고 아주 배울 수 없는 것은 아니다.

저자의 책을 두 번, 세 번 이상 읽으면 저자의 가치관이나 생각을 파악할 수 있다. 책을 읽고 삶에서 적용할 수 있다면 저자에게 배운 것과도 같다. 필자는 몇 년 전 데일 카네기의 〈인간관계론〉에 큰 감동을 받은 적이 있다. 그래서 카네기의 방법대로 적용해보기로 했다.

적용 대상은 환자였다. 어디를 가도 진상이 있듯 병원에도 진상이 있다. 이 환자들과 싸우지 않으면서 협조를 구하고 업무를 처리하는 게 간호사의 일이다.

어떤 환자는 도저히 들어줄 수 없는 요구를 하기도 한다. 그러나 아무리 되도 않는 소리를 해도 일단 참고 들어주었다. 요구사항을 최대한 해결해주겠다는 행동을 취했다. 솔직히 모든 컴플레인을 다 해결해주지는 못했다. 그럼에도 환자들과 보호자들은 고마워했다. 들어주기만 했을 뿐인데 환자와 보호자는 만족했다.

일하는 동안 환자에게 친절하다, 잘한다는 말을 많이 들었다. 다른 팀 환자가 필자에게 주사를 놓아달라고 할 정도였다. 우리 팀 환자를 보기에도 바빴지만 그 환자의 요청에 보람을 느꼈다. 데일 카네기의 〈인간관계론〉을 읽지 않았다면 할 수 없는 일이었다.

이지성 작가의 〈꿈꾸는 다락방〉에서는 멘토를 만나라는 내용이 나온다. 처음 책을 읽었을 때는 멘토도 없었고 멘토를 만들 생각도 하지 못했다. 왜냐하면 멘토가 나를 만나줄 거라고 생각하지 않았기 때문이다. 그 이면에는 왠지 부끄럽고 거절을 당할까봐 두려운 마음이 있었다. 이제야 깨닫는 것은 성공한 사람들은 혼자 잘해서 성공한 것이 아니라는 것이다.

많은 성공자의 어깨 뒤에는 멘토가 있었다. 도와주고 협력하는 사람들이 있었기 때문에 성공할 수 있었다. 총각네 야채가게의 이영석 대표도 스승으로부터 좋은 과일을 고르는 법을 배웠다고 한다. 차이에듀케이션 대표이자 L&S 금융 컨설팅 황희철 대표도 이지성 작가의 멘티였다. 어쩌면 롤모델이 멘토가 될 수도 있다. 또 멘토가 아닐 수도 있다. 누가 되었던 간에 롤모델이 있는 것은 없는 것보다 낫다.

책에는 수많은 각 분야의 전문가들이 있다. 그 전문가들이 자신의 비법을 담은 것이 책이다. 우리는 책을 통해 전문가들의 비법을 배울 수 있다. 그 중에는 롤모델로 삼고 싶은 사람들이 참 많다. 직접 롤모델을 찾아가는 방법과 간접적으로 책을 통해 배우는 방법이 있다. 롤모델이 있고 그에게 배우고 싶다면 예의를 갖춰 연락하라. 그리고 약속을 잡아라.

어떤 사람은 당신의 메일이나 연락에 답을 하지 않을 수도 있다. 그렇다고 실망하지 마라. 그 사람이 당신에게 한 수 가르쳐 줄 때까지 계속 연락하라. 입장을 바꿔 생각해보면 그들의 거절은 당연하다. 그들은 돈을 당신보다 많이 벌고, 매우 바쁘다. 그들의 시간은 나의 시간과 다르다. 시간당 벌어들이는 수입이 다르다.

게다가 그런 식으로 연락을 하는 사람이 한 둘이 아니다. 예의 없이 들이대는 사람들로 지치기도 한다. 그래도 반응하지 않는다면 연연해하지 마라. 당신을 가르쳐줄 수 있는 사람을 만나면 된다.

스튜어트 에이버리 골드의 〈Ping〉에서는 미래를 바꾸는 가장 유일한 방법은 현재를 변화시키는 것이라고 말했다. 롤모델의 가르침은 현재를 변화시키는 방법이 될 수 있다. 내가 10년이 걸려 할 일을 5년 혹은 3년 안에 단축시킬 수 있다. 그들로부터 배우는 시간과 비용을 아까워하지 말라. 충분히 투자할만한 가치가 있다.

평범에서
비범의 관점으로

옛날 핑이라는 개구리가 있었다. 그런데 핑이 살던 연못의 물이 점점 말라가고 있었다. 마침내 연못에는 아무것도 남아있지 않게 됐다. 연못 바닥에는 마지막까지 물이 없어지지 않으리라 믿었던 불쌍한 동물 시체들이 남아있었다. 핑은 무섭고 두려웠다. 6일 동안 핑은 사라진 연못 주변에서 고민한다. 7일째 되는 새벽, 핑은 마침내 다른 곳으로 가기로 선택한다.

– 〈Ping〉 스튜어트 에이버리 골드 中 –

핑은 평범한 개구리였다. 어느 날 자신이 살던 연못이 사라졌다. 그 때 핑은 두 가지를 선택할 수 있었다. 첫째, 두려우니까 원래 살던 물이 말라버린 연못에서 산다. 둘째, 새로운 곳에 가기로 선택한다. 핑은 후자를 선택한다. 그것을 계기로 핑은 평범한 개구리에서 남과 좀 다른, 비범한 개구리로 변신한다.

우리의 모습도 핑과 다르지 않다. 변화를 두려워하고 실패

할까봐 시도하지 못한다. 그러나 실패한다는 가정 하에 두려움을 이기면 상황은 달라진다. 평범한 존재가 비범한 존재로 탈바꿈 하게 된다. 존재의 변화가 일어나는 것이다.

10대 후반만 해도 이것을 알지 못했다. 나만은 다른 사람과 다를 거라고, 특별한 존재라고 생각했다. 그러나 친구들과 다른 사람들과 똑같을 뿐이었다. 왜냐하면 똑같은 길을 걷고 있었기 때문이다. 높은 등급, 좋은 대학, 안정된 직장, 수입이 나를 비범하게 만들 거라고 생각했다. 그렇게 믿고 공부했고 꿈을 이뤘다고 생각했다. 비범해졌다고 생각했다.

그러나 그것은 평범한 삶 그 자체였다. 나도 모르게 남들처럼 사람들의 기준에 맞게 살고 있었다. 거기에 나는 없었다. 적당히 돈을 벌었고 하고 싶은 취미를 할 수 있는 것만으로도 행복하다고 생각했다. 그러나 곧 그것이 진정한 행복이 아니라는 것을 깨달았다.

300권쯤 읽으니 사고방식이 달라지는 것을 느꼈다. 뭔가 다르게 살아야겠다는 생각을 했다. 500권쯤 읽으니 멘토를 만나는 등 남과 다르게 살기 위한 행동을 하게 됐다. 700권

쯤 읽었을 때는 꿈을 의심했다. 1000권쯤 읽으니 책에서 말한 내용이 그대로 믿어졌다. 꿈이 이루어질 것을 믿게 됐다. 그 이상을 읽은 지금은 꿈을 믿고 행동하는 사람이 됐다.

3년 전, 작가가 되겠다는 꿈을 적고 외쳤던 간호사가 있었다. 과연 그 간호사는 꿈을 이루었을까? 당시에는 그렇지 않은 것처럼 보였다. 수많은 출판사의 거절을 당했다. 낙담했으며 다시는 책을 쓸 생각도, 읽을 생각도 하지 않았다. 그러나 3년 후 그 간호사는 책을 쓰는 작가가 됐다. 이것은 필자의 이야기다.

〈스물일곱, 이건희처럼〉에서 이지성 작가는 긍정적인 내용의 책을 1000권 이상 읽으면 두뇌가 변하기 시작한다고 말한다. 두뇌가 변한다는 것은 사고방식의 변화를 의미한다. 부정적인 생각으로 가득 찬 두뇌가 바뀌는 것이다.

우리는 부모님과 20년 이상을 산다. 아무리 좋은 부모님이라고 해도 자식에게 잔소리 한 번 안하는 부모님은 없다. 부모님조차도 알게 모르게 자식에게 부정적인 말을 한다. 그런 환경에서 자라온 우리는 부정적인 의식을 가지고 살아가기 쉽다. 우리가 받은 초등 6년, 중고등 6년의 교육도 한 몫 한다. 창의성과 개별성을 고려하지 않고 지식만 주입한다.

그 교육은 평범한 사람, 아니 평범 이하의 똑같은 사람을 만드는 교육이다. 왜 나와 똑같은 사람은 없는데 우리 모두 똑같은 목표를 향해 가는 걸까? 여기서 똑같은 목표란 상위 클래스의 대학, 좋은 직장이다. 혹시 이것에 대해 생각해본 적이 있는가? 필자는 책을 읽고 나서야 이런 의문을 갖게 됐다.

인간의 두뇌는 긍정적인 것보다 부정적인 것을 더 잘 기억한다. 우리가 좋은 생각보다 나쁜 생각을 더 많이 떠올리게 되는 것은 바로 그 때문이다. 이 두뇌를 바꾸기 위해서는 축적된 부정적 의식 그 이상의 양이 주입되어야 한다. 이 부정적 의식을 깨뜨리는 데는 책 만 한 것이 없다.

초서를 하며 300권정도 읽으면 사고방식이 바뀌는 것을 느낄 수 있다. 500권, 1000권 이상 읽으면 완전히 다른 사람이 된다. 평범한 관점에서 비범한 관점으로 바뀌기 때문이다. 왜 부자나 CEO들은 책을 읽을까? 왜 시간을 들여 조찬

모임을 가고, 직원 교육에 많은 비용을 지출하는 걸까?

부자나 CEO들은 사고방식의 차이가 인생이 바꾼다는 것을 알고 있기 때문이다. 그렇기 때문에 아무리 바빠도 책을 읽는다. 자신의 가치를 계발하기 위한 조찬모임이나 강의에는 무슨 일이 있어도 참석한다. 시간과 비용을 들여 긍정적인 피드백을 주입한다. 물론 우리가 생각하기에는 고가의 비용이다. 그러나 그들은 아까워하지 않는다. 투자 그 이상의 효과를 보기 때문이다. 그 효과는 매출 증대로 나타난다.

몇 년 전, 워런 버핏과의 식사 초대권이 경매로 올라온 적이 있었다. 점심 식사를 하며 투자 조언을 들을 수 있는 이벤트였다. 한화 기준으로 억 단위의 금액에 낙찰되었다. 사람들은 왜 그만한 돈을 지불하면서까지 워런 버핏과 식사를 하려고 할까?

돈을 벌고 싶기 때문이다. 부자가 되는 방법을 배우기 위해서다. 여기서 말하는 부자가 되는 방법이란, 부자의 의식, 사고방식을 배운다는 말로 바꿔도 무방하다.

즉, 삶은 태도의 문제다. 그것은 사고방식, 즉, 인생을 바라보는 관점과 긴밀하게 연결된다. 어떤 관점으로 살아가느냐가 인생을 결정한다. 그 관점은 어떤 책을 읽고 어떻게 삶에 적용하느냐가 좌우한다.

꿈을 찾는
이정표가 된다

꿈, 언제 들어도 가슴 설레는 말이다. 당신의 꿈은 무엇인가? 당신이 좋아하고 잘할 수 있는 일은 무엇인가? 이것을 알고 있다면 당신은 이미 행복한 사람이다. 생각보다 꿈이 무엇인지, 내가 무엇을 좋아하는 지 아는 사람은 많지 않다. 청년 실업은 사상 최고치를 찍고 있다. 매해 공무원 경쟁률은 올라간다. 학교에서는 학생들을 더 공부시킨다. 공부해야 이 불확실한 세상을 살아갈 힘을 가질 수 있다고 가르친다.

고등학생이 되면 학교에서는 장래희망 조사를 한다. 그 때 명확히 자신의 꿈을 아는 학생은 드물다. 그런 대한민국의 청소년들에게 꿈은 사치다. 꿈을 찾을 여유도, 시간을 낼 수도 없다. 꿈이 이정표처럼 여기로 가면 무엇이 나오는 지 알 수 있다면 얼마나 좋을까? 유감스럽게도 그런 꿈은 없다. 스스로 내 자신에게 물어 답을 찾아야 한다. 독서는 꿈을 찾는 이정표와 같은 역할을 한다.

갭이어 라는 것이 있다. 갭이어란, 학업을 잠시 중단하거나 병행하면서 봉사, 여행, 진로탐색, 교육, 인턴, 창업 등의 활동을 체험하며 흥미와 적성을 찾고 앞으로의 진로를 설정하는 기간을 말한다. 1960년 영국에서 처음 시작되었는데 성공적으로 정착했다. 아일랜드에서 이를 전환학년제라는 이름으로 도입하였고 학생들의 참여율, 만족도가 높아 유럽 국가들에서도 도입하기 시작했다.

미국과 캐나다에서는 우수한 학생들의 대학 중도포기에 대한 대책으로 도입되었으며 이 프로그램에 참여한 학생들의 중도 포기율이 급격히 저하되자 대학입학 전에 갭이어 제도를 권장하거나 조건부 입학제도로 운용하고 있다. 한국 갭이어 사이트도 있으니 참고하면 도움이 될 것이다.

한국 갭이어	http://www.koreagapyear.com/

〈출처: 네이버 지식백과 시사상식사전, 박문각〉

당신의 인생에서 마음 놓고 쉬어본적은 언제였던가? 혹시 쉬지 않고 초중고 대학을 거쳐 취업을 했는가? 만약 그렇다면 축복이면서도 비극이다. 사람이 로봇과 다른 점은 감정이 있다는 것이다. 로봇은 수치를 입력하고 설정하면 반복적으로 그 일을 한다. 그러나 사람은 그럴 수 없다. 체력적, 정신적인 영향을 받기 때문이다.

전 세계 많은 청소년들이 갭이어를 통해 휴식을 갖고 꿈을 탐색하는 시간을 갖는다. 장기적인 휴식을 갖는 것은 우리에게 넉넉함을 준다. 나를 돌아볼 시간을 가질 수 있다. 내 꿈이 무엇인지, 앞으로 어떻게 살 것인지 생각해보는 기회가 된다.

책을 읽기 전에는 꿈보다는 현실을 선택했다. 많은 사람들이 그렇게 살아가고 있다고 나 자신을 위로했다. 그러나 책을 읽으면 읽을수록 잊고 있던 꿈이 생각났다. 책에 나오는 사람은 나와는 전혀 다른 사람이었다. 연봉 보다는 꿈을 추구하는 사람이었다. 모두가 안 된다고 말할 때 한 번 더 하는 사람이었다.

예를 들어, 당신이 잘 나가는 회사의 사장이라고 치자. 페이스북에서 당신의 회사를 150억에 사고 싶다고 한다. 80억은 바로 지급하지만, 70억을 받으려면 5년간 페이스북에서 일하는 조건이다. 당신이라면 어떻게 할 것인가?

〈그건 내 인생이 아니다〉 서동일 저자의 실제 이야기다. 저자는 중학교 때부터 캐나다에서 이민생활을 한다. 캐나다에서 꽤 괜찮은 대학에 나왔다. 그러나 부모님, 친구들의 예상을 깨고 외국계 기업이 아닌 게임회사에 취직한다. 게임을 좋아했기 때문이었다. 책에도 나오지만 영어를 할 줄 아는 자신의 장점이 게임회사에서 차별화가 된다는 이유였다. 부모님은 반대를 했지만 그는 자신의 길을 선택한다.

그 이후로도 한국게임문화진흥원, 오큘러스 한국 지사장 등, 10년 동안 7번의 이직을 한다. 오큘러스가 페이스북에 매각되었을 때, 그가 받을 수 있는 금액은 150억이었다. 80억은 바로 지급받았지만 70억을 받기 위해서는 5년 동안 페이스북에서 일해야 한다는 조건이었다. 그 때 그는 또 한 번의 승부를 건다. 페이스북은 분명히 자유롭고 좋은 회사다. 하지만 내 인생은 더 소중하다. 그래서 70억을 포기한다.

아마 대부분의 사람들이 돈의 유혹을 거절하기 어려울 것이다. 책이 필자에게 가르쳐준 가장 큰 배움은 현실의 두려움을 맞서는 용기다. 꿈을 선택할 수 있는 사람으로 만들어준 것이다. 그랬기 때문에 3교대를 하면서 600권이 넘는 책을 읽을 수 있었다. 멘토의 가르침을 받기 위해 야근을 하고 곧바로 강의에 참석했다. 이것이 꿈을 선택하기 시작하는 계기가 되었다. 책을 절실하게 읽지 않았더라면, 어설프게 읽었더라면, 여전히 그대로였을 것이다. 푸념하면서 병원에 다녔을 것이다.

100권 쯤 읽었을 때는 나도 할 수 있다고 믿게 됐다. 500권 쯤 읽었을 때는 긍정적인 관점으로 세상을 바라보게 됐다. 1000권 쯤 읽고 나니 예전에는 안 된다고 생각했던 일들을 이미 하고 있었다. 하고 싶지만 현실적인 문제로 가슴에만 담아두었던 꿈을 더 이상 외면하지 않게 됐다. 꿈을 향해 달려 나갔다. 1000권이 넘는 독서가 필자의 생각과 관점을 완전히 바꾸어 놓았다.

내가 원하는 게 무엇인지 모르겠다면 진지하게 독서를 권하고 싶다. 책을 읽는 과정은 끊임없이 스쳐지나가는 생각의 과정이다. 나 자신과 독대하는 시간이 된다. 나와 다른 삶을 살았던 사람들의 이야기를 주의깊게 관찰해보라. 내가 그의 입장이었다면 어떻게 했을지 생각해보라. 그러다보면 내가 좋아하는 게 뭔지, 하고 싶은 게 뭔지 꿈의 이정표를 하나 둘 만나게 된다. 꿈의 이정표를 많이 발견할수록 당신의 꿈은 가까워진다.

글쓰기의
밑바탕이 된다

맛집에 가본적이 있는가? 맛집이라고 해서 갔는데 재료도 신선하지 않았고 맛도 평균 이하였다. 음식은 재료가 중요하다. 얼마나 신선하고 좋은 재료를 썼느냐가 맛을 좌우하기 때문이다. 음식에 신선한 재료가 필요하듯이 글에도 재료가 필요하다.

글쓰기의 재료는 독서다. 책을 많이 읽을수록 어휘력이나 문장력이 좋아진다. 접한 단어, 문장의 수가 많기 때문이다. 물론 글은 쓸수록 느는 것이 맞다. 그러나 배경지식이 풍부한 상태에서 쓰는 것과 아닌 것에는 분명 차이가 있다.

책 한 권이 만들어지는데 걸리는 시간과 작가의 노력은 상상을 초월한다. 책 한 권을 쓰기 위해 참고도서를 100권 이상 읽기도 한다. 한 번 쓴 원고가 마음에 들지 않아 퇴고를 수 없이 하는 작가도 있다. 그런 책에는 작가만의 노하우와 전문성이 녹아있다.

그런 양질의 지식을 접하다보면 시야가 넓어지고, 지식이 축적된다. 아는 것이 많은 사람이 전부다 글을 잘 쓰는 것은 아니다. 하지만 배경지식이 많기 때문에 이야기를 더 다양하게 풀어낼 가능성을 갖고 있다.

책을 읽는다는 것은 무엇일까? 작가와의 대화다. 우리는 하루에 얼마나 말을 할까? 물론 그것을 세기도 어려울 것이다. 당신은 주로 어떤 이야기를 하는가? 직장에 다니는 사람이라면 직장 상사나 동료이야기를 하고, 아이를 키우는 엄마는 육아용품이나 어린이집 이야기를 한다. 대학생들은 어떻게 하면 이상형을 만날 것인가 혹은 시험이나 취업에 대해 이야기를 한다. 그러나 그 대화의 본질은 무엇인가? 영혼에 생기를 불어넣는 대화였던가?

사람을 변화시키는 가장 쉬운 방법은 말의 힘에 있다. 어떤 긍정의 말을 하고 용기를 북돋아주는 말을 하느냐가 인생이 바뀐다. 그러기 위해서는 양질의 대화, 나 자신과의 대화를 자주해야 한다. 흔히 말과 글은 별개로 생각하기 쉽다. 그러나 책을 읽으면서 깨닫는 것은 말과 글은 완전한 별개는 아니라는 거다.

어떤 사람은 말을 잘한다. 또 어떤 사람은 글을 잘 쓴다. 타고나서 말을 잘하는 사람도 있다. 하지만 그렇지 않은 쪽은 철저한 연습으로 만들어진다. 필자는 교회 어른들이나 목사님을 보며 그런 것을 많이 느낀다. 설교를 위해 사전에 원고를 작성한다. 미리 브리핑하고 시간을 계산하기도 한다. 이모든 것은 청중을 배려하지 않는다면 할 수 없는 일이다. 그분들의 눈에서는 어떤 젊은이보다 눈빛이 빛나고 열정이 가득하다.

필자가 아는 한 장로님은 일상에서도 콘티를 준비한다. 예를 들어, 중요한 사람과 만나기로 약속했다고 치자. 사전에 미리 이야기할 내용을 작성한다. 그 목록들을 토대로 실제 만났을 때 이야기를 풀어나간다. 글과 말이 완전히 분리되어 있다면 사전에 이런 준비를 할 필요도 없을 것이다.

책을 읽는다는 것은 당대 최고 엘리트와의 대화다. 우리는 단돈 만 원에서 이 만 원의 투자로 그 사람들의 생각을 듣고 대화를 나눌 수 있다. 굉장하지 않은가? 또 이들과의 대화는 일상의 대화와는 차원이 틀리다. 그들은 내가 할 수 없던 생각을 하고 그렇게 행동하기도 한다. 그들과의 대화를 통해 생각을 배우고 지식을 배운다. 그 대화를 통해 시야와 지식이 확장되고 글감을 얻기도 한다. 나중에 글을 쓸 때 도움이 되는 것은 물론이다.

양질의 대화가 지속된다면 삶이 바뀔 수 있을거라고 생각하는가? 필자는 그렇다고 생각한다. 책을 통해 세상을 보는 관점이 바뀌고 그에 대한 나의 생각을 표현할 수 있다면 그걸로 충분하다. 물론 당장 작가들처럼 글을 쓸 수 있는 것은 아니다. 그러나 이런 뜻과 생각을 품고 살아가는 사람과 아닌 사람은 분명히 차이가 있다. 그것은 눈에 보이지 않지만 5년 후, 10년 후, 20년 후의 미래를 바꾸는 힘이 있다.

책은 생각하는 힘을 키우고 그것을 나라는 필터를 거쳐 표현하는 가장 좋은 방법이다. 이런 과정은 글쓰기의 밑바탕이 된다.

오늘을 살아갈
용기와 지혜를 얻는다

한 남자가 있었다. 그는 잘나가는 대기업에 다녔다. 자신의 집이 있었고 차도 있었다. 결혼을 해서 행복한 가정을 갖고 있었다. 그러던 어느 날, 그는 대기업을 그만둔다. 사업을 하면 돈을 더 많이 벌거라고 생각했기 때문이다. 그러나 일은 생각만큼 잘 되지 않았다. 빚은 가면 갈수록 늘어났고 나중에는 감당할 수 없는 수준이 되었다. 퇴직금은 날린 지는 오래였고 늙은 부모님에게 도움을 구해야 했다. 결국 그 사람은 감옥에 간다. 감옥에 있는 동안 그는 책을 읽고 글을 쓴다. 그것은 그에게 회복의 시간이 된다.

출소 후 그 사람은 막노동을 시작한다. 가족을 책임지기 위해서다. 그 사람은 지금쯤 어떻게 살고 있을 거라고 생각하는가? 과연 재기할 수 있을까? 독자들의 상상력을 발휘해보기를 바란다. 그 사람은 사업실패와 감옥 생활을 통해 다시 태어난다. 〈최고다 내 인생〉, 〈내가 글을 쓰는 이유〉, 〈아픔공부〉등 3권의 책을 출간한 작가이자 글쓰기 수업을 진행하는 강사가 됐다. 위에 나온 이야기는 이은대 작가의 이야기다.

만약 이은대 작가가 감옥에서 책을 읽지 않았다면 어땠을까? 자신의 감정을 글로 표현하지 않았다면 지금 같은 삶을 살아갈 수 있었을까? 필자는 그렇지 않았을 거라고 생각한다. 독서와 글쓰기를 통해 시련을 딛고 일어섰다. 자신의 인생을 마주할 용기와 지혜를 얻을 수 있었다. 고 김대중 대통령도 감옥생활을 행복한 시간으로 기억한다. 대통령 재임기간에는 바빠서 할 수 없는 독서를 감옥에서 마음껏 할 수 있었기 때문이다. 책에는 감정을 희석시키고 자신을 객관적으로 바라보게 하는 힘이 있다.

사람들은 자기연민이 강하다. 나보다 더 불쌍한 사람을 알게 되거나 만나지 않고서는 자신이 세상에서 가장 불쌍하다고 생각한다. 내가 가장 힘들다고 생각한다. 그러나 책을 읽어보면 눈물을 흘리지 않을 수 없는 저자들의 이야기가 참 많다. 필자 역시 그런 이야기를 읽으며 눈물을 흘렸고 위로를 받았다. 책을 읽다 눈물을 한 방울 흘릴 수 있다면 당신은 타인의 삶을 공감하고 이해할 수 있는 사람이다. 그 때 우리는 책에 몰입하게 된다. 작가의 입장에서 책을 읽게 되는 것이다. 치유의 독서는, 회복의 독서는 거기서부터 시작된다.

필자는 학점 3.0이던 대학생 시절 책을 만났다. 선배들과 환자들의 봉이었던 신규간호사 시절에도 책은 늘 내 옆에 있었다. 읽지 않고서는 출근할 수 없기 때문이었다. 근무 전 후로 책을 읽어 마음과 생각을 재정비 했다. 그 시간이 없었다면 3교대 근무를 견딜 수 없었다. 사람의 생명을 다루는 일은 생각보다 쉽지 않았으며, 거기에 얽혀있는 여러 관계들은 더욱 나를 지치게 했다.

동기와의 신경전, 유독 나만 갈구는 선배, 까다로운 주치의, 비협조적인 환자와 보호자들을 상대하는 건 극도의 스트레스였다. 항상 그랬던 날만 있는 것은 아니었다. 덜 바쁜 날도 있었으며 보람을 느끼기도 했다. 그러나 입사 후 1년 동안은 하늘이 파란지 노란지도 모를 만큼 정신없었다. 하루, 한 달을 어떻게 살아가는지 모를 만큼 바빴다.

어떤 날은 일하다가 서럽고 화가나서 눈물이 나기도 했다. 이러려고 간호사가 된 게 아닌데 라는 생각을 100만 번쯤 했다. 알콜솜을 하도 만져 손은 핸드크림을 발라도 텄다. 팔에는 어디서 다친지 모르는 크고 작은 상처들이 있었다. 유니폼은 피가 튀어 있었다. 옷을 매일 빨다시피 했지만 동기들과 나의 유니폼이 제일 더러웠다. 상처투성이였다. 신규 1년을 정의하자면 그보다 더 잘 나타낼 수 있는 말은 없었다.

하루에도 수 십 번 그만둘까 고민했다. 화장실에 갈 시간이 없을 만큼 바빴다. 일이 많아서 화장실에 가고 싶다고 느끼지 못할 정도였다. 정작 환자들의 건강을 돌보면서 나 자신을 돌볼 여유와 시간은 없었다. 자신감이 없었고 점점 생기를 잃어갔다. 출근을 하기 전에 환자들이 많이 입원하지 않게 해달라는 기도를 하기도 했다.

그러던 어느 날 〈천천히 깊게 읽는 즐거움〉이라는 책을 우연히 읽게 됐다. 일본 국어 선생님의 이야기였다. 그 선생님은 교과서가 아닌 〈은수저〉라는 작품을 가지고 학생들을 1년 동안 가르친다. 이 작품 저 작품 가르치며 진도를 빼는 여느 선생님과는 분명히 달랐다. 놀라웠던 것은 그 선생님에게 배운 학생들이 아주 잘 자라주었다는 것이다. 명문대를 들어가고 졸업 후에는 정계에 진출하기도 한다.

졸업생들은 그 비결을 선생님께 배웠던 1년의 시간이라고 말한다. 천천히 깊숙이 한 작품을 배운 결과 사고력과 통찰력을 길러주었다는 것이 책의 내용이었다. 한 가지 일을 깊이있게 하기 보다는 속도를 중요시하는 요즘 세대에게 꼭 필요한 메시지였다.

그 책을 읽고 나서야 깨달았다. 나의 속도가 다른 사람과 다르다는 것을. 꽃도 저마다 피는 때가 다르듯이 나도 그렇다는 것을 알았다. 그것이 큰 위로가 되었다. 시작은 느리지만 마지막은 그렇지 않을 거라는 확신이 들었다. 그 때 그 책을 읽지 않았더라면 병원을 그만뒀을 거라는 생각을 지금도 한다. 그런 크고 작은 지혜와 용기를 책에서 얻었다. 동기가 해주는 한 마디보다 더 값진 위로였다. 그 이후로는 선배들이 뭐라 하건 초연하게 됐다. 내 인생에 중요하지 않은 사람으로 생각했기 때문이다.

그렇기 때문에 반드시 끝이 있을 거라는 것을 알았다. 그래서 그 사람 때문에 힘들어하지 않기로 했다. 또 다행스러웠던 것은 그 무렵을 기점으로 일이 조금씩 늘고 있었다는 거다. 2년차, 3년차가 될수록 제법 간호사처럼 일을 하게 됐다. 3년차 때, 새로 오픈하는 병동으로 부서이동을 했다. 그리고 병원을 그만두자 그 선배를 만날 일이 다시는 없게 됐다.

지금 당신이 인생이 힘들다면 당신은 잘 되고 있는 것이다. 시련을 통해 사람은 성장하기 때문이다. 누군가 당신을 싫어하거나 괴롭힌다면 한 마디쯤 해주는 것도 하나의 방법이다. 그러나 가장 통쾌한 복수는 내가 그 사람보다 잘 되는 거다. 전 남자 친구, 전 여자 친구에게 하는 가장 통쾌한 복수가 그 사람보다 더 좋은 사람을 만나는 것처럼 말이다. 병원에 다니는 동안 단 한 순간도 이 마음을 품지 않은 적이 없다. 그 밑바탕이 독서에서 시작되었음을 이제는 고백할 수 있다.

자기 주도적 삶을
살게 된다

"자기의 일을 스스로 하자. 알아서 척척척 스스로 어린이."
라는 cm송이 있었다. 이 노래의 가사처럼 사람은 자신이 주
도해서 살 때 행복감을 느낀다. 그러나 우리를 둘러싼 현실
은 그렇지 못할 때가 많다. 〈김밥 파는 CEO〉, 〈생각의 비밀〉
을 쓴 김승호 저자의 말처럼 인생은 자기 결정권을 확장시키
는 싸움이다. 누가, 얼마나 자기 결정권을 확장시키느냐에
따라 생각의 크기, 인생의 크기가 달라진다. 책을 읽기 전에
는 나름 자기 주도적인 삶을 살고 있다고 생각했다. 그러나
내 인생의 추는 타인에게 있었다. 선택할 수 있는 자기 결정
권이 지극히 미미했기 때문이다.

만약 당신에게 충분한 돈과 시간이 주어진다고 치자. 그래
도 지금 하고 있는 일을 계속 할 것인가? 자신이 원하는 일을
하는 사람은 계속 다닐 것이고, 그렇지 않은 사람은 그만 둘

것이다. 왜냐하면 돈과 시간이라는 자기 결정권을 가지고 있기 때문이다. 자기 결정권이 있다는 것은 하기 싫은 일을 하지 않아도 된다는 것을 의미한다. 내가 주도해서 결정할 수 있는 힘이 있는 것이다. 그러나 돈이 부족한 사람은 어쩔 수 없이 하기 싫은 일이라도 해야 한다. 그래야 생활을 이어갈 수 있기 때문이다.

우리는 인생의 중요한 순간마다 선택을 한다. 어떤 선택을 하느냐에 따라 정 반대의 방향으로 가기도 한다. 보통 망설이는 이유는 하고 싶은 일이 있는데 할 수 없는 경우, 정 반대의 선택을 해야 할 때다. 내가 생각하고 주도해서 선택하지만 그 이면에는 타인이나 사회의 영향을 받는다. 이 때 자기 결정권을 체감한다. 자기 결정권이 강한 사람은 눈치를 보지 않는다. 자신이 하고 싶은 선택을 할 수 있다. 반대로 자기 결정권이 약한 사람은 눈치를 본다. 자신이 하고 싶은 선택을 할 수 없다.

그렇다면 자기 결정권을 어떻게 확장시킬 것인가가 관건이다. 방법은 하나다. 힘을 갖는 것이다. 마음에 들지 않는 선택, 마음에 들지 않는 사람을 거절할 수 있는 힘을 갖는 것이다. 그 힘은 공부에서 시작된다. 학교 다닐 때 했던 공부가 아닌 진짜 공부가 필요하다. 오히려 학교 공부보다 더 치열하다. 평생 해야 하는 공부이기 때문이다. 끝나지 않는 공부이기 때문이다. 그리고 지속적으로 성장하는 사람이 되어야 한다.

〈딜리버링 에너지〉의 김진호 저자는 사람을 성장시키는 방법을 세 가지로 꼽는다.

지속적으로 성장하기 위해서는

첫째, 사람. 좋은 에너지를 가진 사람을 만나야 한다.

예를 들면, 롤모델로 삼고 싶은 사람이라던가, 멘토가 될 수 있다. 사람은 환경에 영향을 받고 사람은 사람에게 영향을 받는다.

둘째, 독서. 독서는 간접경험으로 실제 내가 경험해보지 않는 세계를 만나게 해준다. 시공간을 초월하는 배움이 책에 있다. 이것이 독서의 묘미다.

셋째, 여행. 일상을 벗어난 낯선 환경에서 겪는 경험은 성장하는 기회가 된다. 이 세 가지를 적절히 삶에서 늘려나갈 때 지속적인 성장이 가능해진다.

사람들은 생각보다 수동적이다. 시키는 일만 한다. 그러나 수많은 자기계발서에서는 말한다. 사장처럼 주인의식을 가지고 일하는 것이 중요하다고 말한다. 주인의식을 갖고 일하면 직원은 회사에 좋은 일을 하는 거라고 생각한다. 그러나 사실은 그렇지 않다. 가장 이득을 보는 사람은 그 시간 동안 일을 배우고 훈련되는 직원이다. 어떤 마인드로 일하느냐에 따라 매출은 천차만별로 변할 수 있다. 그 순간 일개 사원이 사장의 마인드를 배우게 된다.

책을 읽기 전, 필자는 평범한 학점 3.0 전문대생 이었다. 공부를 썩 열심히 하지 않았고 썩 열심히 놀지도 않았다. 인생 전 영역에 있어 지극히 평범했다. 그 때는 그게 문제라는 것을 몰랐다. 인생이 나에게 뭔가 해주기를 기대했고 다른 사람이 내게 뭔가 해주기를 기대했다. 그러다 책을 읽었다. 내 인생이 지금까지 이렇다 할 변화가 없었던 것은 나 자신 때문이라는 것을 알았다. 아무 것도 하지 않으면서 언젠가는 인생이 바뀔 거라고 기대했다.

그 때부터 운명을, 인생을 기다리지 않기로 했다. 직접 찾아 나서기로 했다. 더 치열한 독서를 했다. 사고방식부터 변해야 바뀔 거라고 생각했기 때문이었다. 예전에는 다른 사람이 먼저 다가오기를 기대했다면 이제는 먼저 다가가는 사람이 됐다. 수동적인 삶의 태도에서 적극적인 삶의 태도로 변화했다. 자기 주도적인 삶을 향해 조금씩 더 나아가고 있다. 그리고 그 끝은 내가 꿈꾸고 바라던 모습일 거라는 것을 알고 있다.

아무 것도 하지 않으면 아무 일도 일어나지 않는다. 지금 내 인생이 마음에 들지 않는다면, 내 모습이 마음에 들지 않는다면 바꿔라. 치열하게 독서하고 치열하게 공부해라. 수동적인 태도에서 적극적인 태도로 행동하라. 너무 많은 생각은 실행을 망친다. 행동하고 난 후 생각해도 늦지 않다.

07
–

독서 유산을 물려주는
부모가 된다

당신에게 아이가 있다고 치자. 만약 당신이 아이에게 물려줄 수 있는 것이 단 세 가지라면 무엇을 물려주겠는가?

부모님이 억대의 부자라서 억대의 재산을 물려받은 사람들이 있다. 사람들은 그들을 부러워한다. 나에게는 왜 저런 부모님이 없는 걸까 탄식한다. 그러나 그런 사람들 중 대부분은 그 전보다 더 가난해진다. 왜냐하면 돈이 많아도 돈을 관리할 능력이 없기 때문이다. 왜 아이들에게 물고기를 잡아주기보다는 물고기를 잡는 방법을 가르쳐줘야 하는지 알 수 있는 대목이다. 그런 점에서 돈을 물려주는 것은 자식에게 도움이 되기보다는 망하는 길이다.

실제로 그런 예를 봤다. 부모님이 한 평생 일군 재산을 자식이 사업한다고 말아먹기를 몇 차례 했다. 그 사람은 지금도 생활이 어렵다. 빚도 많이 졌다. 만약 부모님의 재산을 은행이자에 맡겼다면 일을 하지 않아도 생활할 수 있는 정도는 될 것이다. 지금도 그 사람은 일을 할 생각을 하지 않는다.

그런 점에서 필자는 내 자식에게 돈을 물려주고 싶지는 않다. 내가 죽고 나서 돈을 물려준다고 해도 그 아이가 잘 산다는 보장이 없기 때문이다. 오히려 성실하게 일하고 돈을 벌지 않는 계기가 될까봐 조심스럽다. 물려주고 싶은 재산이 있다면 독서의 유산이다. 독서하는 습관을 물려줄 수 있다면 돈보다 더 큰 가치를 물려주는 것이라고 생각한다.

중국 고전이나 우리나라의 역사를 보면, 역대 망한 나라는 전부 술과 여자를 가까이 해서 망했다. 왕이 백성을 살피지 않고 정치를 하지 않으니 백성들의 삶은 고달파진다. 술과 여자를 가까이 하니 신하들이 왕권찬탈을 노리고 있는 것도 모른다. 간신들의 말만 듣고 직언하는 신하를 죽인다. 왕의 잘못된 것을 바로잡을 신하가 없고 나라를 좀 먹는 신하들만 있으니 민생이 안정될 리가 없다. 이런 타이밍에 꼭 다른 나라가 쳐들어와서 망한다는 것이 역사 공식이다.

만약 왕이 어질고 덕을 쌓는다면 책을 가까이 할 것이고, 직언하는 신하들의 말을 귀담아 듣고 이를 반영할 것이다. 백성들의 생활을 살피니 백성들은 생업에 집중할 수 있고, 쌀이나 농작물이 잘 자란다. 상공업이 활발하다. 왕은 군사를 키우고 언제 있을지 모르는 전쟁에 대비할 수 있다. 우리나라에서는 세종대왕 때가 그런 시절이었다.

아이를 보면 그 부모를 알 수 있다는 말이 있다. 필자가 아이를 낳아보니 그렇다. 가르친 적이 없는데도 부모의 모습을 따라한다. 내가 싫어하는 나의 모습을 아이를 통해 보기도 한다. 결혼을 하고 아이가 있는 지금도 친정 엄마는 가끔 잔소리를 한다. 공무원 시험을 보라는 이야기를 종종 한다. 공무원과는 전혀 거리가 먼 분야에 있는 동생과 나로서는 황당할 뿐이다. 물론 자식이 걱정되어 하는 말이라고 생각한다.

그러나 우리 부모님은 공무원이 아니다. 부모님이 하지 못한 일을 하라는 부분에서 모순을 느낀다. 부모님들이 종종 잘못 기대하는 것은 내가 하지 못한 일이나 꿈을 자식이 이뤄주기를 바란다는 점이다. 물론 자식을 사랑하고 생각해서 하는 말이라는 것은 안다. 하지만 자식은 부모의 소유물이 아니다. 엄연한 인격체다. 그러니 그 선택도 자식에게 맡겨야 한다. 그러면 알아서 자기 살 길을 찾아간다. 그런 점에서 필자는 내가 하지 못한 일을 아이에게 강요하고 싶지 않다.

그렇다면 바르게 아이를 키우기 위해서는 어떻게 가르쳐야 할까? 답은 간단하다. 부모가 먼저 그런 사람이 되는 것. 그런 삶을 사는 것을 보여주는 것이다. 그것만큼 확실한 교육이 없다. 이것이야말로 가르치지 않아도 되는 교육이다.

아이는 부모의 거울이다. 엄마 아빠가 하는 것을 보고 그대로 따라한다. 엄마 아빠가 tv를 좋아한다면 그 아이는 tv를 좋아할 확률이 크다. 반대로 엄마 아빠가 책을 좋아한다면 그 아이는 책을 좋아할 확률이 크다. 〈책 열권을 동시에 읽어라〉의 저자 나루케 마코토는 어린 시절을 이렇게 회상한다. 그는 일본 마이크로소프트 사장이기도 하다. 그가 젊은 나이에 마이크로소프트 사장이 될 수 있었던 이유, 책을 읽는 사람이 될 수 있었던 비결로 가정환경을 꼽는다.

"부모님이 책을 좋아해서 집에 책이 항상 있었다."
"책 사는 것을 아까워하지 않은 부모님 덕분에 읽고 싶은 책을 마음껏 사서 읽을 수 있었다."

어떤 정신적인 유산을 물려주느냐에 따라 어떤 가문은 세상에 이로운 사람들을 배출하기도 하고, 어떤 가문은 세상에 해가 되는 범죄자를 배출하기도 한다. 적어도 책을 좋아하는 마음, 책을 읽는 습관을 물려줄 수 있다면 바른 사회의 일원이 될 거라고 생각한다.

책은 위로와 회복의 메시지, 긍정적인 언어, 용기와 희망으로 가득 차 있다. 그런 매체를 수 십 번, 수 백 번, 수 천 번 접하면 부정적인 사람도 긍정적인 사람으로 변한다. 당신은 책을 읽는 사람인가? 그렇지 않은 사람인가? 그리고 앞의 질문을 제외하고 다시 한 번 묻겠다. 당신이 어떤 사람이던 간에 아이가 있다면 어떤 유산을 물려주고 싶은가?

당신이 만약 독서의 유산을 물려주고 싶다면 당신부터 책을 읽어야 한다. 당신부터 남과 다른 삶을 사는 사람이 되어야 한다. 독서는 이미 생존의 문제를 넘어섰다. 당신과 당신의 자손이 생육하고 번성하기 위해서는 독서해야 한다. 그것도 치열하게, 그래야 당신의 가정이 이 나라와 민족이 변한다. 사회와 시스템이 변한다.

당신이 이제까지 책을 읽지 않은 사람이었던 아니던 그것
은 중요하지 않다. 앞으로가 더 중요하다. 당신의 자손에게
물고기를 잡는 법을 가르치고 싶다면 읽는 자가 되어야 한
다. 당신의 대에서 고리를 끊어야 한다. 그리고 더 좋은 곳,
빛나는 곳에서 자손이 살 수 있도록 노력해야 한다.

절대 아이에게 책을 읽으라고 잔소리하지 마라. 다만 당신
이 진심으로 책을 읽는 모습을 보여주면 된다. 거실에 있는
tv를 치우거나 틀지 마라. 그래도 tv가 보고 싶다면 주말이나
시간을 정하고 봐라. 거실을 tv대신 책으로 채우는 것도 하
나의 방법이다. 당신의 아이가 책과 친근해질 수 있는 환경
을 만들어라. 서재를 자주 보여주고 구경시켜라. 책을 사는
모습을 보여주거나 서점에 데려가는 것도 친근한 환경적 요
소가 된다.

너무 기대하지 않는 것도 하나의 방법이다. 필자는 초등학
생때까지는 책을 읽으라고 강요하고 싶지 않다. 그 시기는
노는 것이 세상을 경험하는 공부라고 생각하기 때문이다. 부

모가 책을 읽는 모습을 보여줘도 안 읽는다면 할 수 없다. 아직 그 아이의 때가 아닌 것이다. 자신이 내키는 때에 시작해야 가장 오래할 수 있다.

독서 유산을 물려주는 방법을 정리하자면,

첫째, 부모가 책을 읽는 모습을 보여줄 것.
둘째, 책과 친근한 환경을 접하게 할 것.
셋째, 내려놓을 것, 아이가 책을 읽을 때까지 기다려주기. 너무 기대하지 않는 것이 핵심이다.
넷째, 먼저 책을 읽으라고 말하지 말 것. 시키면 반대로 행동하고 싶은 게 사람 심리다.

부모가 초조함을 버린다면 그리고 기다려준다면 아이는 반드시 기대 이상으로 부응한다.

내가 책을 읽는 이유

"아쌀나게 거시기 해불것습니다." 영화 〈황산벌〉에 나오는 대사다. 영화의 줄거리는 신라가 당나라에게 조공을 바치러 가면서부터 시작된다. 조공을 바치기 위해서는 백제를 뚫고 지나가야 했다. 때는 삼국 분쟁이 끊이지 않았던 때로 신라는 나, 당 연합군으로 백제를 공격한다. 이 때 의자왕은 계백을 불러 황산벌을 사수하도록 명령한다. 의자왕의 명을 받은 계백은 일가족을 죽이고 전쟁에 나간다. 이 전투가 그 유명한 황산벌 전투다. 어쩌면 우리 민족의 비극이 이 때 부터 시작된 것은 아니었을까?

신라는 당나라와 연합하여 후에 고구려까지 멸망시킨다. 이때부터 통일 신라가 된다. 국사 시간에 신라의 통일은 불완전한 통일이라고 배웠다. 고구려의 영토를 수복하지 못한 통일을 이뤘기 때문이다. 그 이후 발해, 고려, 조선, 대한제국에 이르기까지 우리 민족은 수많은 외세의 개입과 수탈을 당해왔다. 특히 해동성국이라 불렸던 발해의 역사에 대해서는 기록된 책이 별로 없다. 조선시대 유득공이 쓴 〈발해고〉 정도다. 유득공 또한 남북극 시대에 발해의 역사의 기록이 미비한 것에 대해 안타까워했다.

필자는 이것이 우리가 우리의 것을 소중히 지키지 않았기 때문이라고 생각한다. 독서를 소홀히하고 인재를 고루 등용하지 않았기 때문이라고 생각한다. (조선시대에는 적서차별이 있었다.) 그 와중에도 대신들은 서로 권력을 더 많이 갖기 위해 싸웠다. 그러다 보니 국방을 튼튼히 하고 백성들을 돌볼 여력이 없었다.

고려 때 몽고의 침입이나 조선시대의 왜란과 호란은 이유 없이 일어난 것이 아니다. 미리 전쟁을 대비하고 민생을 돌볼 수도 있었다. 조선 시대에 4차례의 전쟁은 수많은 문화재 피해, 백성들의 삶과 죽음의 문제까지도 갈라놓았다.

대한제국 때도 외세의 핍박은 계속되었다. 영토는 고조선 이후 점점 축소되어 지금은 반도의 형태를 띤 국가가 되었다. 간도와 만주 땅을 생각하면 통탄할 뿐이다. 우리나라가 아직 일본의 식민지 지배를 받고 있을 때 간도협약이 이루어졌다. **1907년 9월 4일 남만주의 철도부설권 등을 얻는 대가로 간도 지역을 청국 측에 넘겨주었다. 간도협약은 대한제국 정부의 의사와는 관계없이 일본이 불법적으로 간도를 청국에 넘겨준 조치였다.**

〈출처: 네이버 지식백과 한국민족문화대백과, 한국학중앙연구원〉

우리가 지금까지도 중국, 미국 같은 강대국의 눈치를 보는 것은 왜일까? 힘이 없기 때문이다. 영토와 자원이 불리한 점도 있다. 그러나 극복할 수 있는 것이 아예 없는 것은 아니다. 이스라엘은 우리나라보다 더 작은 영토에 살아가지만 각 나라에 흩어져 살며 유대인의 힘을 발휘한다. 이스라엘 사람들은 자기 나라에 대한 자부심이 있다. 유대인이 똑똑하다고 생각한다.

그런데 우리는 어떤가? 자부심을 느끼는 사람도 있지만, 먹고 살기에도 바쁘다. 국가에 대한 자부심을 느끼지 못한 사람들도 많다. 아직도 학교에서는 잘못된 역사를 가르치고 있으며 교육 또한 그렇다. 국회는 나라를 생각하는 사람보다 자신의 공을 쌓으려는 사람이 더 많다. 그런 점에서 과거 조선시대의 붕당정치와 지금이 별로 다를 것이 없다.

필자는 책을 읽기 전에는 이것을 알지 못했다. 학교에서 가르쳐주는 공부가 전부인 줄 알았다. 그러나 진짜 공부는 독서를 하면서부터 시작됐다. 알지 못했던 것을 알아가는 기쁨에 시간이 가는 줄도 몰랐다. 그저 더 읽지 못해 아쉽고 안타까웠다. 앞으로 우리가, 우리의 후손들이 살아갈 시대는 어떤 변화가 일어날지 모른다. 많은 미래학자들과 책에서는 현재 있는 직업 중에 상당수의 직업이 많이 사라질 것이며, 사람이 하는 일을 로봇 등이 대체하는 세상이 올 거라고 전망한다. 4차 산업혁명 시대가 열리고 있다. 중국은 앞으로 더 많이 성장할 것이다. 예전에는 중국인을 종업원으로 썼다면, 앞으로는 우리가 중국인 밑에서 일을 할 때가 올 수도 있다.

〈머지않아 중국과 일하게 될 당신에게〉에서는 중국인의 근성이 나온다. 중국은 인구수만으로도 다른 나라가 범접할 수 없는 인적 자원이 있다. 화교라고 하는 중국인들은 세계 각지에 장사를 해서 외화를 벌어들인다. 이들이 중국경제에 크게 기여하는 것은 말할 것도 없다. 실제로 필자는 중국인의 자본과 힘을 여행에서 느낀 적이 있다.

작년에 이탈리아로 가족여행을 갔다. 끼니를 해결하기 위해 카페에 들어갔다. 오너가 이탈리아 사람일거라는 예상과 달리 종업원들은 이탈리아 사람이었다. 우리의 뒤 테이블에 앉아 있는 사람들이 중국인 오너였다. 그 모습을 보고 깜짝 놀랐다. 이방인인 그들이 이탈리아에서 이탈리아 사람을 고용하고 있었다. 그 정도로 해외 내 화교들의 진출과 중국의 영향력은 막강하다. 앞으로 더 강해졌으면 강해졌지 약해지지는 않을 것이다.

세계 여러 나라는 중국을 주목하고 있다. 전 미국 대통령 오바마도 딸들에게 중국어를 가르칠 정도다. 전 세계의 사람들은 중국어를 배우려고 하고 이미 배우고 있다. 그러나 우리나라 사람들은 아직도 중국을 무시하는 경향이 없지 않아 있다. 실제로 유럽이나 서양계 유학생에게는 친절한 반면, 중국 유학생에게는 친절하지 않다. 아르바이트를 하다가 사기를 당하는 중국 유학생도 많다고 한다. 우리나라보다 밑에 있다는 전제하에 바라보는 시선이 있는 것이다.

과거 조선에서도 이런 우를 범한 적이 있다. 인조 시대, 중국에서는 후금이 새로운 세력으로 등장한다. 명나라가 꺼져가는 불이었다면 후금은 떠오르는 샛별이었다. 후금은 후에 청나라가 된다. 인조는 **친명배금정책**을 취했고 이에 열 받은 청나라는 호란을 일으켰다. 두 차례의 호란으로 조선의 왕은 오랑캐라고 무시하던 청나라 왕에게 머리를 조아려 사죄한다. 이것이 그 유명한 **삼전도의 굴욕**이다.

다시는 이런 굴욕을 겪지 않기 위해서는 정신을 바짝 차려야 한다. 학교에서 가르쳐주는 공부가 전부라고 생각해서는 안 된다. 학교에서 가르쳐주지 않는 진짜 공부를 해야 한다. 독서를 하고 끊임없이 질문하고 스스로의 답을 구해야 한다.

아는 것은 힘이다. 모르면 나보다 많이 아는 자의 지배를 받을 수밖에 없다. 우리나라는 알지 못했기 때문에 아주 오래전부터 다른 나라의 침략과 지배를 받아왔다. 지금은 그런 식의 전쟁은 일어나지 않을 테지만 보이지 않는 지식전쟁은 계속되고 있다. 그런 점에서 우리는 나 자신을, 우리의 아이들을 성장시켜야 한다.

독서는 나의 긍정적 변화를 넘어 가족과 내가 속한 공동체를 변화시킬 수 있다. 그것은 나라를 사랑하는 길이다. 나 하나, 우리 가족만 잘 먹고 잘 살기 위해 살아가고 있다면 그러기에는 인생이 길다. 너무 팍팍하다. 이왕이면 학교도 짓고 봉사도 하고 기부도 하는 인생은 어떤가? 훨씬 더 풍성하고 따뜻해지지 않는가? 의미 있는 일들로 인생이 채워지지 않는가? 우리에게는 무한한 가능성이 있다. 다만, 우리가 그것을 깨닫지 못할 뿐이다.

잠재력은 믿는 사람에게만 발휘되는 선물이다. 길은 두 가지다. 첫째, 잠재력을 쏟아 부으면서 산다. 둘째, 지금까지 그래왔던 것처럼 산다. 당신은 어떤 길을 선택하고 싶은가?

아무도 이길 거라고 생각하지 못한 전쟁에서도 나라와 백성을 구한 사람들이 있다. **살수대첩**하면 떠오르는 인물, 바로 을지문덕이다. 당시 수군은 113만군 3800명을 이끌고 쳐들어왔다. 그러나 살수에서 적의 배후를 노려 공격해 요동으로 돌아가는 적군은 2700명에 불과했다. 적은 군사로 대군을 물리친 것이다. 또 충무공 이순신을 빼놓을 수 없다. **명량대첩**에서 12척으로 적선 133척을 격파시켰다.

본래 우리 민족에는 이런 지혜가 있다고 믿는다. 누군가의 용기와 희생이 아니었다면 세계지도에 대한민국이라는 나라는 사라졌을지도 모른다. 조상들이 우리에게 지켜준 이 나라를 살기 좋은 나라로 물려주는 것이 후손에 대한 예우다. 그러기 위해서 오늘도 책을 읽는다. 이것이 필자가 책을 읽는 이유다.

어떤 환경에
있느냐가
독서를
좌우한다

01
-

공간이 에너지다

공간은 무엇이라고 생각하는가? 집을 꾸밀 때 가장 많이 신경 쓰이는 게 바로 공간배치다. 〈심플하게 산다〉에서 도미니크 로로는 집에 대해 이렇게 표현했다. 첫째, 물건으로 쌓여 답답한 공간이 아니어야 한다. 둘째, 일하고 지쳐 집에 들어왔을 때 편히 쉴 수 있는 공간이어야 한다. 셋째, 집은 휴식처이자 힘을 얻는 공간이어야 한다.

여기서 중복되는 말이 공간이다. 공간을 어떻게 사용하느냐에 따라 에너지가 넘치는 장소가 되기도 하고 에너지를 뺏기는 장소가 되기도 한다. 바로 이 공간을 이용해서 독서 에너지를 끌어올리는 환경에 대해 이야기 하려고 한다.

필자는 정리를 잘 못한다. 결혼하기 전에는 머리카락이 방에 굴러다녀도 치울 생각을 하지 않았다. 그러다 한 달에 한 번 '그분'이 오시면 대청소를 했다. 정리에 대한 생각이 달라진 것은 곤도 마리에의 〈인생이 빛나는 정리의 마법〉, 마쓰다 마쓰히로의 〈청소력〉을 읽고 나서였다. 책을 읽고 지금도 기억에 남는 한 가지는 내 방의 상태가 나를 말한다는 것이다. 그것을 알고 나자 도저히 가만히 있을 수가 없었다.

정리와 독서가 무슨 상관인지 궁금한 독자들이 있을 것이다. 하지만 필자는 꽤 중요하다고 생각한다. 당장 필요한데 물건이 어디에 있는지 몰라서 당황했던 때가 있는가? 특히 출근을 앞두고 있는데 찾는 물건이 없으면 초조하다. 정리가 잘 되어 있다는 것은 물건이 있어야 할 자리에 있다는 것과 같은 말이다. 그런 점에서 책 더미, 종이 뭉치로 쌓여있는 책상보다는 정리되어 있는 깔끔한 책상이 낫다. 공부 잘하는 친구들이 정리를 잘하는 이유가 여기에 있다. 사람은 환경을 지배하기도 하지만 환경에 많은 영향을 받기 때문이다.

예전에는 필자도 믿지 않았다. 환경보다는 집중력이 중요하다고 생각했다. 그러나 정리를 잘 못하는 사람이라도 더러운 책상보다는 깨끗하고 잘 정리되어 있는 공간을 보면 기분이 좋아진다. 좋은 에너지가 생긴다. 기분 나쁠 때보다 좋을 때 책이 더 잘 읽히는 것은 물론이다.

그래서 방정리가 안됐던 싱글 시절에는 주로 밖에서 책을 읽었다. 집에 오면 책을 읽기 어려운 분위기였기 때문이다. 그러나 지금은 다르다. 집에서 책을 읽는다. 아이가 있어 매번 밖에 나갈 수도 없거니와 신혼 때 산 탁자와 2인 책상은 꽤 카페분위기가 난다. 내가 꿈꿔왔던 서재와 공간배치 때문일지도 모르겠다. 아직도 정리를 잘하는 편은 아니다.

우리 집에 오는 사람들이 공통적으로 하는 말이 있다. "집에 뭐가 많이 없네." 이 말은 가구나 물건이 별로 없다는 뜻이다. 가구나 물건이 많으면 정리할 게 많아진다. 몇몇 정리 책을 읽으며 내린 결론은 물건이 제자리에 배치되면 정리할 필요가 없다는 것이다. 그래서 물건의 가짓수를 줄였다. 물건이 적으면 정리할 개수가 줄어들기 때문이다. 그래서 필요 없는 물건은 다른 사람에게 선물하기도 했다. 그런 식으로 쓸데없는 물건이 자리를 차지하지 않도록 했다.

책을 읽는 것은 육체적 행위인 것 같지만 정신적 행위다. 따라서 정신적으로 방해받지 않아야 한다. 오롯이 책에 집중할 수 있는 환경을 만들어야 한다. 그래서 대형서점에 가면 책을 읽지 않는 사람이라도 책을 읽고 싶어진다. 왜냐하면 다른 사람들이 다 책을 읽기 때문이다. 이런 분위기가 일상에서도 이어져야 한다.

그러기 위해서는 내가 주로 생활하는 공간을 그런 분위기로 바꾸어야 한다. 분위기를 바꾸는 것에는 청소와 정리만한 게 없다. 아무리 멋진 디자인으로 인테리어를 해도 청소와 정리를 소홀히 하면 하나마나다. 사람은 생각보다 환경의 영향을 많이 받는다. 첫째는 집이고, 둘째는 직장이나 주로 가는 장소, 셋째는 만나는 사람이다.

정리가 되어 있지 않는 공간에서는 휴식은 커녕 독서할 마음이 들지 않는다. 앞에서 말한 것처럼 독서는 내적 에너지를 많이 쓰는 행위다. 눈과 머리는 책을 읽기 위한 도구에 불과하다. 이런 내적 에너지를 사용하기 위해서는 내적 에너지를 공급받을 수 있는 공간이어야 한다. 정리와 청소는 집이 가진 내적 에너지를 최대로 끌어올린다.

불필요한 물건이 자리를 차지하고 있는 것은 사용할 수 있는 가상의 에너지를 빼앗기는 셈이다. 그런 물건은 다른 사람에게 주거나 버려야 한다. 집이 가진 에너지를 최대한 활용하라. 정리만 잘해도 당신이 꾸준히 책을 읽을 가능성은 높아진다.

나만의 서재를
만들어라

드라마에 보면 회장님이나 가질법한 멋진 서재가 나온다. 드라마를 보면서 막연히 나도 저런 서재가 있었으면 좋겠다는 생각을 했다. 책을 본격적으로 읽기 시작하면서 소원이 하나 생겼다. 내 집 장만의 꿈을 이루면 꼭 방 하나는 서재로 만들리라는 다짐을 했다. 결혼 후 로망이었던 부부서재를 갖게 되었다. 지금은 육아용품으로 빼곡한 책상이 되었지만 빼곡하게 꽂혀있는 책을 바라보고 있으면 왠지 뿌듯하다. 아이에게 밥을 먹이는 것과 비슷한 마음이 든다. 바라만 봐도 흐뭇하다. 필자에게 책은 그리고 서재는 이미 자식과 같은 존재다. 병원에 다닐 때부터 한 권 두 권 사서 모았던 책 한 권 한 권이 무척 소중하다.

요즘은 예전에 읽었던 책을 다시 읽는다. 도서관에 빌린 책을 생각보다 빨리 읽거나 미리 사둔 책을 다 읽어서 읽을 거리가 없을 때는 재독을 한다. 그러면 새롭게 느껴지는 책이 종종 있다. 예전에는 몰랐던 부분을 알게 되기도 한다. 분명히 한 번 읽었던 책인데 완전히 새로운 책으로 다가온다.

책을 사랑하는 사람이라면, 작가라면, 누구나 자신의 서재를 꿈꾼다. 내 손 때가 묻은 책을 발견하면 옛 사랑을 만난 것 같은 느낌이 든다. 그리고 보면 내가 지나온 시간만큼 책도 함께했음을 느낀다. 특히 예전에 읽은 책을 다시 볼 때면 그 때 나는 이랬었지 하는 추억거리가 된다. 이 맛에 사람들이 서재를 만드는 것 같다.

규모의 크고 작음은 중요하지 않다. 지금보다 훨씬 더 작았던 내 방에서 처음 서재가 만들어졌다. 그리고 꿈꾸었다. 반드시 내가 꿈꾸고 바라는 서재를 갖겠다고 말이다. 그 때는 서재라고 하기는 민망한 정도의 규모였다. 기존에 쓰던 책상에 책 몇 권을 꽂아두고, 공간박스를 샀다. 한 때, 공간박스가 굉장히 유행했을 때가 있었다. 그 때 책을 한 권 두 권 사서 꽂았다. 그렇게 2칸짜리, 3칸짜리 공간박스가 채워졌다.

조금씩 늘어나는 책을 볼 때마다 행복했다. 거기서 책을 꺼내 방에서 책을 읽기도 하고, 지하철에서 읽기도 했다. 책만 있으면 행복한 사람이 됐다. 공간박스의 책이 늘어난 만큼 내 마음과 생각도 성장해갔다. 공간 박스는 오늘날 서재의 씨앗이 되었다. 아직도 친정에 갈 때마다 보는 그 공간박스를 보면 짠하다.

앞에서 책은 정신적인 행위, 내적 에너지를 많이 쓰는 일이라고 말했다. 모든 일에 정성과 노력이 필요하듯이 독서도 그렇다. 책을 소중히 대하는 사람과 그렇지 않은 사람의 마음은 하늘과 땅 차이다. 옛날 우리 조상들은 책을 참 소중히 대했다. 먹을 양식이 없어 책을 파는 것을 못할 짓이라고 생각했다. 그만큼 학문과 책에 대한 사랑이 깊었다.

그러나 오늘날 읽을거리, 먹을거리가 많은 이 시대는 책의 소중함을 느끼는 사람이 많지 않다. 서점에는 매일 새 책이 쏟아져 나온다. 이런 책 홍수 속에서 소중함을 느끼지 못하는 게 어쩔 수 없는 일일지도 모른다. 그러나 책은 인류가 세상을 살아갈 지혜를 가득 담고 있다. 우리가 회복해야 하는 것은 어쩌면 책을 읽는 행위 그 자체가 아닌 마음이 아닐까?

앞에서 이야기한 주변을 정리하는 것과 서재를 사는 것은 이런 마음을 닦기 위한 과정일 뿐이다. 아무것도 하지 않으면 아무 일도 일어나지 않는다. 행동을 통해 동기부여를 받는 것 또한 사람이다. 책을 대하는 마음과 세상을 대하는 마음이 다르지 않다고 느낀다. 공간이 허락된다면 책장과 책상을 구입하기를 바란다. 중고로 사면 더 싸게 살 수 있겠지만 필자는 가능한 새 것으로 사는 것을 권한다. 쓰던 사람의 마음이 가구에 담겨있다고 생각하기 때문이다. 쓰던 사람이 긍정적인 사람인지, 부정적인 사람인지 알 수 없기 때문이다.

얼마 전 입춘이 지났다. 봄이 오고 있다는 신호다. 봄방학이 지나고 개학날을 맞이하던 어린 시절이 떠오른다. 새로운 담임 선생님, 새로 만나게 될 친구들, 새로 배정받게 될 내 책상, 내 자리. 그 때의 설렘을 기억한다. 그토록 꿈꾸던 서재를 갖게 되었던 첫 날, 처음 독서대를 책상에 놓던 그 마음과 같았다. 책을 놓아두는 공간을 바꾸는 것만으로도 독서에 대한 마음이 달라진다.

내 것으로 만들고 싶다면
중고책이라도 사라

내 것으로 만든다는 것은 무엇일까? 일을 배울 때도 자기화 시키는 게 중요하다. 자기에게 편하고 쉬운 방식으로 일을 해야 업무에 성과를 낼 수 있기 때문이다. 책도 마찬가지다. 책을 내 것으로 만든다는 것은 책을 읽고 삶으로 살아내는 것이다. 나에게 최적화시켜 적용하는 것이다. 앞에서 우리는 주변을 정리하고 서재를 만들었다. 이는 독서 습관을 만드는 마음을 닦기 위한 과정일 뿐이다. 내적 에너지를 집중시키기 위한 물리적인 환경을 만든 것이다. 책장은 총에 해당한다. 총이 있다면 총알이 있어야 한다. 바로 이 총알의 역할을 하는 것이 책이다.

책을 보는 방법은 크게 두 가지가 있다. 빌려 읽기, 사서 읽기다. 필자는 이 두 가지를 병행하고 있다. 재정적 여유가 있다면 사서 읽기를 권한다. 수많은 자기계발서에서는 총 수입의 10% 정도를 자신에게 투자하라고 말한다. 예를 들어 운동 회원권을 끊는다던가, 각종 학원비, 읽고 싶은 책을 사는 것이 이에 해당한다. 필자는 직장을 다니면서부터 책을 구입하기 시작했다. 물론 모든 책을 사서 읽었던 건 아니다. 책을 읽다보면 이 책은 소장하고 싶다는 느낌이 드는 책이 있다. 그런 책을 사면 된다.

초반에는 이지성 작가의 책을 많이 샀다. 책을 사서 보면 좋은 점은 밑줄을 치거나 메모가 가능하다는 점이다. 가끔씩 손때가 묻은 책을 꺼내보면 얼굴이 확 달아오른다. 책을 읽으며 적었던 메모와 다짐들이 얼굴을 화끈거리게 한다. 20대에 적은 각오와 다짐들은 허황되고 뜬구름 잡는 것 같은 글이 빼곡하다. 그 때 당시는 그것이 매우 진지했지만 말이다.

지금도 마음을 다잡을 수 없을 때 각오와 다짐을 적은 그 책을 펼쳐본다. 그러면 정신을 바짝 차리게 된다. 그 책은 필자만의 유일한 책이 된다. 나의 아픔과 슬픔, 후회와 각오가 적힌 일기장 같은 책이 된다. 그렇게 메모함으로써 재창조되는 책이 된다. 온전히 나의, 나에 의한, 나만을 위한 맞춤형 책이 되는 것이다.

학창시절 선생님이 말했던 내 것으로 만드는 공부가 이것이 아닐까 싶다. 책을 사서 읽으면 내 것으로 만드는 독서를 할 수 있다. 빌려 읽는 것보다 시간을 더 단축시킬 수 있다. 따로 옮겨적지 않고 책에 바로 메모할 수 있기 때문이다. 재정적으로 책을 살 여유가 없으면 빌려 읽어도 좋다. 반대로 재정적으로 여유가 있다면 한 달에 몇 권 정도는 정해서 책을 사는 것이 좋다.

 언젠가 수업시간에 교과서를 안 가져온 적이 있다. 시험기간이 얼마 안 남은 상태에서 교과서를 가져오지 않으면 치명적이다. 수업시간에 시험문제의 힌트가 쏟아지기 때문이다. 어쩔 수 없이 다른 반 친구의 교과서를 빌렸다. 덕분에 선생님한테 혼나지는 않았다. 그러나 수업에 집중할 수 없었다. 내 책이 아니어서 필기를 할 수 없기 때문이었다.

 결국 노트에 따로 필기했지만 시간이 배로 걸렸다. 다음날 교과서를 가져와서 다시 친구의 필기를 베꼈다. 전쟁으로 치자면 총은 있는데 총알이 없는 상태였다. 총알이 없는 병사가 전쟁에서 이길 수 있을까? 적진으로 돌진하기도 전에 총에 맞아 죽을 것이다.

책을 읽는 것도 이와 같다. 책을 꼭 사서 봐야 하냐고 생각할 수도 있다. 필자도 그랬던 사람 중 하나였다. 도서관에서 빌려 읽기도 했다. 그러나 빌려 읽는 책에는 밑줄을 칠 수 없다. 메모를 할 수도 없다. 그래서 독서 노트를 따로 만들었다. 좋은 문장을 베껴 적었다. 독서 리뷰를 작성했다. 그러나 책에 밑줄을 치며 메모를 하고 적는 리뷰와는 달랐다. 굳이 비유하자면 빌려 읽는 책은 김빠진 사이다 같았다. 필자도 읽고 싶은 책을 전부 다 살 수는 없기에 기준을 정해서 책을 구입한다.

필자가 책을 사는 조건은 세 가지 정도다.

첫째, 저자 강연회에 가서 사인을 받아야 할 경우.

둘째, 필요한 분야나 콘텐츠가 좋은 경우.

셋째, 고전이나 마니아층만 아는 책인 경우.

첫 번째의 경우, 미리 공지된 작가의 SNS나 포털을 통해 정보를 얻는다. 평소 관심 분야나 만나고 싶은 작가의 책이면 꼭 산다. 그것이 그 작가에 대한 예의라고 생각하기 때문이다. 반대로 독자들이 작가의 입장이라고 생각해보자. 자신의 책을 사서 읽고 사인을 요청하는 독자와 그렇지 않은 독자가 있다. 어느 독자에게 감사와 호감을 느끼겠는가?

두 번째의 경우, 목차를 보고 결정한다. 사람들은 목차를 보고 책을 읽는다기보다는 보통 책 제목을 보고 결정한다. 첫인상이 몇 초 내에 결정되듯 책도 그렇다. 보통 귀찮아서 목차는 보지도 않고 본문부터 읽는 경우가 많다. 그러나 정말 좋은 책은 목차가 탄탄하다. 귀찮더라도 목차를 찬찬히 살펴보자. 책 내용의 70~80%는 책 제목, 목차에서 결정된다. 오히려 책 제목은 끌리지 않더라도 목차를 보다보면 좋은 책이다 느껴지는 책이 꽤 있다.

세 번째의 경우, 본받고 싶은 사람은 어떤 책을 읽는가에 초점을 둔다. 처음에 책을 읽을 때는 주위에 책을 읽는 사람이 없었다. 그래서 독서 모임에 참여했다. 하지만 지금은 굳이 찾아 나서지 않아도 책을 읽는 사람이 주변에 꽤 있다.

3년 전, 필자는 적금을 깨고 고가의 수업을 들은 적이 있다. 수강을 결심했던 이유는 멘토를 만나고 싶었기 때문이었다. 그 때 맺은 인연들이 연결되어 새로운 사람들을 만나게 됐다. 지금 주위에는 필자보다 책을 더 사랑하고 또 책을 쓰는 사람들이 있다. 그래서 그들이 추천해주는 책이라면 반드시 찾아본다. 내가 읽은 책이 아니라면 꼭 찾아 읽는다. 그 중에서 콘텐츠가 마음에 드는 책을 사는 편이다.

삼고초려라는 말이 있다. 유비가 제갈공명을 얻기 위해 세 번이나 그의 집을 찾아간 것을 말한다. 인재를 얻기 위해서는 정성을 다해야 한다는 뜻이다. 내 것으로 만드는 것은 시간과 정성이 필요하다. 사람도 그렇고 책도 그렇다. 아무 것도 하지 않고 거저 얻으려고 해서는 얻어지지 않는다. 씨는 뿌린 만큼 수확하는 법이다. 책의 열매도 뿌린 만큼 거둘 수 있다.

독서 영감에
노출시켜라

에디슨은 말했다. 천재는 99%의 노력과 1%의 영감으로 만들어진다고 말이다. 대부분의 사람들은 이 99%의 노력에 주목한다. 그러나 필자는 조금 다르게 생각한다. 1%의 영감이 더 중요하다고 믿는다. 왜냐하면 99%의 노력은 많은 사람들이 하고 있기 때문이다. 그러나 모든 사람들이 열심히 살지만 다 원하는 바를 이루지는 못한다. 필자도 그런 사람이었다. 열심히 노력은 하지만 성과를 내지 못했다. 수 년 간 독서를 하고 성공한 사람들을 만나면서 깨달았다. 성과를 내는 사람은 1%의 영감을 가진 사람이라는 것을 말이다.

〈꿈꾸는 다락방〉에서는 선박왕 오나시스의 이야기가 나온다. 오나시스는 아주 가난했다. 그러나 거대한 부자를 꿈꿨다. 그래서 그는 부자들이 가는 식당에 돈을 들여 양복을 사서 입고 식당을 출입했다. 거기서 그는 부자들의 행동을 관찰한다. 마침내 부자가 되는 방법을 배웠다. 처음 읽었을 때는 말도 안 된다고 생각했다.

그렇게 해서 부자가 되면 이 세상에 가난한 사람들이 누가 있을까 의심했다. 그러나 독서량이 쌓이고 부에 대한 책을 접하면서 깨달았다. 자리가 사람을 만든다는 말처럼, 부자의 환경이 부자를 만든다는 것을 말이다. 지금은 오나시스의 이야기를 진심으로 믿는다. 오나시스는 자신을 지속적으로 부자의 영감에 노출시켰다. 부자들이 자주 가는 식당에서 그들의 행동, 말투, 생각을 배웠다. 그 결과 그는 선박왕 오나시스라고 불리우는 사나이가 되었다. 엄청난 부를 축적한 거부가 되었다.

책을 지속적으로 읽고 싶은가?
그런데 어떻게 읽어야 할지 모르겠는가?

책을 지속적으로 읽는 것은 부자가 되는 방법과 똑같다. 독서 영감에 자주 노출시키면 된다. 독서 고수들이 있는 공간에 가면 된다. 책을 좋아하는 사람을 만나면 된다. 주변에 그런 환경이 어디에 있을까 고민해보자. 접근하기 쉬운 곳은 첫째로 도서관, 서점, 북카페가 있다. 둘째로는 독서모임이 열리거나, 독서법 강의 등이 열리는 장소가 있다. 이 곳도 접근하기 어렵지는 않으나 낯선 사람을 만나는 쑥쓰러움을 넘어야 갈 수 있다. 그런 점에서 조금 용기를 내어야 한다.

만약 당신이 처음 책을 읽으려고 다짐했다면 집 밖으로 나오는 것이 1단계다. 일단 밖에 나가라. 육아를 하는 부모, 피치 못할 사정으로 집에 있어야 하는 사람 빼고는 밖에 나가라. 도서관이나 서점에 가라. 대형서점에 가면 주말에도 책을 읽는 사람이 많다. 앉을 자리가 없을 정도다. 자유로운 분위기를 좋아하는 사람이라면 대형 또는 중고서점, 북카페를 이용하는 것이 좋다. 특히 북카페는 음료를 시킬 수 있다는 게 장점이다.

필자는 북카페에서 책도 읽고 글을 쓴다. 좋아하는 커피나 라떼를 마실 수 있어 일석이조다. 혹 어떤 사람은 도서관이 더 잘 맞을 수도 있다. 개인의 차이가 있기 때문에 둘 다 경험해보고 자신에게 맞는 편을 선택하면 된다.

주변에서 게임을 하는 사람이 많으면 나도 게임을 하고 싶어진다. 반대로 책을 읽는 사람이 많으면 나도 책을 읽고 싶어진다. 집에 있으면 자고 싶고 컴퓨터를 하고 싶고 tv도 보고 싶다. 그래서 밖으로 나가야 한다. 독서 습관이 완전히 몸에 붙을 때까지는 이 방법만 한 게 없다. 자꾸 책을 읽을 수밖에 없는 환경으로 몰아가는 것, 그것이 독서 습관을 길들이는 첫걸음이다.

에디슨이 말했던 1%의 영감은 99% 이상의 노력을 한 사람들에게 하늘이 주는 1%의 선물이다.

한 번 읽기의 힘

월요일. 생각만 해도 스트레스가 밀려온다. 월요일이면 회사도 뭐고 잠수타 버리고 싶은 충동을 느낀 적이 있는가? 직장인이라면 회사에 가기 싫고, 학생이라면 학교에 가기 싫다. 월요일은 왠지 부담스럽다. 그러나 막상 출근하면 열심히 잘한다. 여기서 한 번 하기의 힘이 필요하다.

월요일에 잠수타고 싶은 마음을 억누르고 회사에 온 것 자체가 1단계다. 책상에 앉아 컴퓨터를 켜면 2단계가 시작된다. 사내 메일이나 메신저를 확인하면 3단계. 그러다보면 오늘 해야 할 일에 대해 브리핑을 듣는다. 일을 할 수 밖에 없는 상황에 놓이게 되는 것이다. 그런데 이 한 번 하기가 어렵다. 하기 직전까지 부담감을 느낀다. 그래서 사람들이 월요병에 걸리는 것이 아닐까?

독서도 마찬가지다. 독서하면 지루하고 재미없다는 인상을 받는다. 그런 이미지가 굳어진 사람은 책 한 장 넘기기가 어렵다. 보통 책 한 권은 200 페이지가 넘는다. 물론 더 얇은 책도 찾아보면 있다. 대부분의 사람들이 독서에 부담을 느끼는 것 이유는 단기간에 많이 읽으려고 하기 때문이다. 한꺼번에 200 페이지를 다 읽는다고 생각하니까 부담이 될 수밖에.

만약 200 페이지 중 20 페이지만 읽는다면 어떨까? 책 한 권의 10분의 1분량이다. 이 정도면 읽을 만하지 않은가? 그것도 어렵다면 10 페이지만 읽어도 된다. 이렇게 10 페이지씩 하루 2번 내지 3번을 나눠 읽어보자. 그렇게 하면 하루에 20~30 페이지를 읽을 수 있다.

그러면 7일에서 10일내에 책 한 권을 읽게 된다. 한 달이면 3권의 책을 읽게 된다. 한 권도 읽지 않던 사람이 한 달에 3권을 읽는다는 것은 대단한 일이다. 그러기 위해서는 일단 한 번 읽어야 한다. 시작해야 한다. 그러면 눈덩이처럼 불어난다. 10 페이지만 읽으려고 했는데 20~30 페이지를 읽기도 한다.

행동하기 시작하면 작은 행동이 더 큰 행동을 부른다. 사람들은 완벽한 때를 기다리고는 한다. 내가 조금 더 시간이 되면, 조금 더 돈이 있으면 그 때 시작할거라고 생각한다. 예를 들면, 금연, 사업 등이 그렇다. 그러나 완벽한 때라는 것은 없다. 가만히 기다리고 있으면 절대 다가오지 않는다.

빌게이츠가 컴퓨터 회사를 만들기로 결심했을 때 한 친구에게 제안을 한다. 대학을 그만두고 같이 컴퓨터 회사를 만들자고 제의한다. 그러나 친구는 거절한다. 학과공부를 더 하고 준비가 되면 회사를 만들어도 늦지 않는다고 생각하기 때문이었다. 결국 빌게이츠는 창업을 위해 하버드 졸업장을 포기한다. 학교를 그만두고 창업에 몰두한다.

만약 그 친구가 지금처럼 마이크로소프트가 성장할 것을 알았다면 그 때도 같은 선택을 했을까? 필자는 그렇지 않았을거라고 생각한다. 창업할 당시, 빌게이츠는 컴퓨터에 대해 다 알고 있지 않았다. 모르는 부분도 있었지만 일단 행동했다.

그 때 그 한 번의 행동이 그의 운명을 바꿔놓았다. 어쩌면 졸업하고 나서 창업할 수도 있었다. 하지만 창업이 더 연기됐다면 마이크로소프트가 지금처럼 성장하기는 어려웠을 것이다. 개발자의 속도보다 변화의 속도가 더 빠른 세상이기 때문이다. 특히 컴퓨터 분야는 그 변화의 속도가 빠른 분야 중의 하나다. 빌게이츠는 그것을 알고 있었다. 그래서 하버드 졸업장을 포기할 수 있었다. 마이크로소프트의 성공은 하버드 졸업장보다 꿈을 선택한 결과다.

당신이 직장인이든, 학생이든, 주부든 누구나 이 한 번 읽기를 실천할 수 있다. 생각이 많아지면 더 하기 힘들다. 하루 중 몇 분을 떼어 5 페이지 읽기, 10 페이지 읽기를 실천하라. 페이지 수는 관계가 없다. 그러나 너무 높은 목표는 잡지 않는 것이 좋다. 자신이 할 수 있는 범위 내에서 시작하라. 이것을 여유 있는 시간에 끼워놓는 것이 포인트다.

필자는 주로 틈새 시간에 끼워 넣는다. 이동 시간이나 자기 전, 카페에서 주문한 커피가 나오기를 기다리면서 책을 읽는다. 자신만의 시간을 파악하고 틈새 시간에 한 번 읽기를 시작하라. 한 번 읽기는 두 번 읽기, 세 번 읽기의 행동을 부른다.

유혹을 이기는 방법은
유혹의 빌미를 주지 않는 것이다

옛날에 자린고비가 살았다. 먹을 양식이 충분했음에도 간장 종지와 밥만 먹었다. 가족들은 불평했다. 그래서 자린고비는 생선을 줄로 매달았다. 생선을 보면서 간장에 밥을 먹으라고 했다. 그러면 생선에 밥을 먹는 것 같은 느낌이 날거라고 생각했다. 가족들은 여전히 불평했지만 어쩔 수 없었다. 어릴 때 한 번쯤은 들어봤음직한 이야기다. 그 때는 뭐 이런 지독한 구두쇠가 다 있나 했다.

지금 생각해보면 자린고비가 진짜 아끼고 싶었던 것은 생선이 아닌 자신의 마음이었다. 먹을 양식이 충분하다고 해서 먹고 싶은 것을 다 먹으면 어떻게 될까? 축적해 놓은 돈과 양식이 떨어질 것이다. 자린고비는 이 부분을 걱정했다. 바늘 도둑이 소 도둑 된다는 것을 알고 있었다. 사람 마음이라는 게 하나를 가지면 두 개를 갖고 싶고, 두 개를 가지면 세 개를 갖고 싶은 법이다. 그래서 그 마음을 지키려 노력했다. 매달아놓은 생선을 보며 유혹의 빌미를 주지 않으려 했다.

또 다른 이야기를 해보려고 한다. 신라에는 김유신이라는 장군이 있었다. 당시 신라는 화랑제도를 통해 소년들을 군사로 일으키고자 했다. 김유신의 집안도 무예를 하는 집안이었다. 김유신도 화랑에 뽑혔다. 하지만 처음에는 마음을 잘 잡지 못했다. 공부와 무예는 제쳐두고 술집을 들락날락 거렸다. 어머니는 그것을 알고 있었다. 해도 해도 너무 심하다 싶어 김유신에게 경고한다. 그 이후 김유신은 깨닫고 다시는 술집에 가지 않기로 다짐한다.

어머니에게 꾸지람을 듣고 난 이후 그 날도 어김없이 술을 먹고 집으로 가고 있었다. 김유신이 숙취에 깨서 주위를 둘러보니 집이 아니었다. 늘 가던 술집이었다. 말은 주인이 평소 가는 길로 술집에 갔던 것이다. 그런데 술이 깬 김유신은 별안간 말의 목을 베어버렸다. 그리고 그 길로 열심히 공부와 무예를 갈고 닦아서 신라의 장군이 된다는 이야기다.

김유신은 왜 말의 목을 베어버렸을까?

술집으로 간 말이 잘못한 걸까?

필자는 그렇지 않다고 생각한다. 말은 잘못하지 않았다. 오히려 평소 자신의 직무(김유신이 매일 갔던 술집에 가는 일)에 충실했다. 그 날 김유신이 베었던 건 말이 아니다. 술집에 가서 그 여자를 만나고 싶은 충동, 유혹을 베어버린 것이다. 유혹의 요소, 빌미를 깡그리 없애버린 것이다. 독자에게 있어 유혹의 빌미는 무엇인가? 책을 읽는 데 방해가 되는 유혹의 빌미는 무엇인가? 그 부분부터 점검해봐야 한다. 그리고 유혹의 빌미를 주지 않아야 한다. 그것이 인생에서 원하는 것을 얻을 수 있는 방법이며 흔들리지 않는 독서를 할 수 있는 방법이다.

CHAPTER ❹

건강과
독서의 관계

01

수면부족은 치명적이다

차를 타고 지나가다가 운전자가 쉬어가는 구간을 발견한 적이 있다. 졸음운전을 방지하기 위한 누군가의 아이디어였다. 졸면서 운전을 하면 위험하다. 차라리 푹 자고 일어나 운전을 하는 게 낫다. 잠이 부족하면 눈에 보이지는 않지만 점점 축적된다. 나중에 졸음운전으로 인한 교통사고라든지, 정교한 작업에서 실수를 하게 된다. 수면 부족은 치명적이다. 잠은 보약이라고 한다. 잠이 부족하면 사람이 날카로워진다. 책을 읽을 때도 마찬가지다. 졸린 눈을 비비고 억지로 책을 읽으면 머리에 들어오지 않는다.

인간의 뇌는 잠을 자면서 하루를 정리한다. 우리가 잠을 자는 동안에도 뇌는 일한다. 기억을 정리한다. 자야할 시간에 자지 않는다면 어떻게 될까?

두뇌는 곧 피로를 느낀다. 신체에 나타나는 증상으로는 머리가 아프고 정신이 맑지 않다. 졸리기도 하다. 잠을 줄이는 날들이 계속되면 실수를 하게 된다. 업무 혹은 공부를 할 때도 정확도와 섬세함이 떨어진다.

고등학생 때 '4당 5락'이라는 말이 있었다. 4시간 자고 공부하면 원하는 대학에 합격하고 5시간을 자면 대학에 떨어진다는 이야기다. 지금 생각해보면 공부의 효율성과 인간의 신체리듬을 고려하지 않는 말이다. 고등학생이 되자 야간자율학습이라는 것을 했다. 야간자율학습이란 수업이 끝나도 9시 10시까지 남아 자습을 하는 것을 말한다. 줄여서 '야자'라고도 한다.

이 '야자'를 하니 12시간 이상을 학교에 머물렀다. 과연 야자의 효과가 있었냐고 물어본다면 없었다고 말할 것이다. 통학시간만 1시간이 걸렸다. 9시에 야자가 끝나고 집에 오면 밤 10시였다. 하지만 어김없이 다음날 아침 7시반 까지 학교에 가야했다. 그 와중에 독서실까지 다녔다. 야자가 끝나면 집에 들르지 않고 곧장 독서실에 갔다. 독서실에서 12시에서 1시까지 공부를 했다. 다시 그 때로 돌아간다면 그렇게 공부할 수도, 그렇게 공부하지도 않을 것이다.

〈그들이 어떻게 일하는지 나는 안다〉의 저자 크리스 베일리는 생산성에 대한 25가지 실험을 한다. 대표적인 것이 주 20시간 일하기와 주 90시간 일하기에 대한 실험이다. 결과는 놀랍게도 90시간 일하기가 20시간 일하기보다 아주 조금 생산성이 높았다. 저자는 주 20시간이라는 시간을 정하자 오히려 필요한 시간에 할당량을 정해 일하게 되었다고 한다. 이 실험을 통해 많은 시간을 투자한다고 해서 생산성이 반드시 높은 것은 아니라는 것을 알 수 있다.

책을 읽는 것도 이와 같다. 내리 연달아 책을 읽는다고 모든 책을 신나게 읽을 수 없다. 집중력을 지속할 수 없기 때문이다. 자신의 상황과 환경을 고려해서 읽어야 한다. 수면은 그 환경에 많은 영향을 끼친다. 잠은 충분히 자야한다. 책을 읽는다고 밤을 새는 일은 매우 비효율적이다. 독자들이 활동하고 있는 시간, 깨어있는 시간에 독서를 끝내라. 앞에서 수면은 잠을 자는 것 그 이상을 의미한다고 말했다. 정말 시간이 없어 자는 시간을 쪼개야 한다면 적어도 5~6시간은 자는 것이 좋다.

혹시 벼락치기를 해본 적이 있는가? 만약 있다면 벼락치기를 하며 밤을 샜던 날을 떠올려보자. 과연 만족할 만한 결과를 거두었는가? 그 다음날 평상시와 동일한 능률을 발휘할 수 있었는가? 오히려 부족한 잠을 더 보충하느라 공부할 시간이 더 부족하지 않았던가?

사람의 몸은 정교하게 만들어졌다. 몸의 기관과 호르몬은 긴밀하게 연결되어 있다. 미리 짜낸 에너지는 반드시 거두어간다. 몸을 혹사시키면 그 부담은 고스란히 내게 돌아온다.

02

—

좋은 음식이
좋은 에너지를 만든다

옛날에는 여자를 보는 미적 기준이 다산과 풍요였다. 그래서 통통하고 엉덩이와 가슴이 큰 여자가 미인이었다. 그러나 지금은 다르다. 뚱뚱한 사람보다는 마른 사람을 선호한다. 들어갈 때 들어가고 나올 때 나온 여자가 미인이다. 몸매가 예쁘면 자기관리를 잘한다는 소리를 듣는다. 어느새 몸매는 스펙 같은 경쟁력이 되었다. 포털 사이트를 열면 몸과 관련된 광고가 엄청나다. 피트니스 센터에서부터 다이어트 식품, 다이어트 성형까지 몸은 나를 나타내는 또 하나의 얼굴이 됐다.

내가 먹는 것은 곧 나의 건강을 정의한다. 아이의 이유식을 만들면서 그 말을 더욱 실감한다. 그래서 좋은 음식을 먹는 것은 중요하다. 어떤 음식을 먹느냐에 따라 좋은 에너지를 낼 수도 있고, 반대로 높은 칼로리에 비해 에너지 효율성이 떨어지기도 한다. 우리의 음식 취향은 부모님으로부터 큰 영향을 받는다. 그 음식 취향은 어렸을 때 형성되었을 가능성이 크다. 어렸을 때 편식하는 애들이 커서도 편식하는 것과 같은 이치다.

어떤 음식을 먹는가는 정말 중요하다. 음식은 우리의 신체를 움직이는 에너지원이기 때문이다. 진정으로 책을 깊이 읽고 싶다면 식단을 바꿔야 한다. 본래의 몸이 원하는 음식을 먹어야 한다. 그 음식이란 내가 먹고 싶은 햄버거, 치킨 같은 음식이 아니다. 본래 인간의 입맛에 가장 잘 맞는 자연 그대로의 음식이다. 환경오염으로 그런 음식이 많은 것도 아니기는 하다. 하지만 가장 유사한 음식은 먹을 수가 있다. 나물이나 김치, 두부와 같은 음식이다. 생선구이도 방사능만 아니면 좋다. 생선에는 오메가-3와 같은 좋은 지방산이 들어 있어 두뇌에 도움이 된다.

어릴 때는 인스턴트를 먹어도 펄펄 날아다녔다. 그래서 야채나 밥을 꼭 먹어야 한다는 생각을 하지 않았다. 그러나 30대가 되니 인스턴트나 밀가루 음식을 먹으면 속이 부대낀다. 섭취양으로나 칼로리는 훨씬 많이 먹는데도 배가 고프다. 조금만 일해도 에너지가 고갈된다. 집 밥을 못 먹으면 컨디션이 확실히 안 좋다. 몸이 아프다거나 이상신호가 온다. 아마 그 동안 축적된 인스턴트와 패스트푸드의 영향도 한 몫 할 것이다.

우리는 바쁘다는 이유로 아침을 먹는 것을 중요하게 생각하지 않는다. 아침만 아니라 회사에서 먹는 점심도 대수롭지 않게 생각한다. 값싸고 대충 양을 채울 수 있기만 하면 된다고 생각한다. 문제는 20~30대에는 티가 잘 나지 않는다는 거다. 그러나 40대 이후부터는 달라진다. 평균 수명이 늘어나서 100세 시대라고 불리는 세상이다. 먹고 싶은 것, 건강에 좋지 않은 음식을 다 먹고 남은 50~60년을 골골댈 것인가? 아니면 건강에 좋지 않은 음식을 절제하고 남은 50~60년을 건강하게 보낼 것인가? 책을 읽는 것도 공부도 안 아파야 한다. 건강해야 할 수 있다.

필자는 20대 초반 수련회에 간적이 있다. 그런데 식단이 참 아쉬웠다. 메뉴가 나물, 김치였기 때문이다. 잘 나오면 떡볶이 정도가 나왔다. 정말 배가 고팠기 때문에 그거라도 억지로 먹어야만 했다. 버릇처럼 식사마다 메뉴를 확인했다. 그럴 때마다 기대하고 실망하기를 반복했다. 머릿속에는 햄

버거와 피자가 떠올랐다. 5박 6일 일정이었기 때문에 시간이 참 더디게 갔다. 집에 돌아가면 내가 먹고 싶은 음식을 마음껏 먹어주겠다고 다짐했다. 그런데 그 때 신기한 체험을 했다. 나물, 김치를 먹으니 몸이 가볍고 개운했다. 그 때 마음이 달라지는 것을 느꼈다.

내가 먹고 싶은 음식을 먹었을 때는 끊임없이 가지고 싶은 욕망이 있었다. 그런데 나물, 김치를 먹었더니 마음이 차분해졌다. 더 이상 가지고 싶다는 욕망이 생기지 않았다. 예전에는 가진 것이 있는데도 항상 더 가지고 싶었다. 더 가지지 못한 것을 아쉬워했다. 그런데 수련회 기간 동안 그런 마음이 음식으로부터 나올 수도 있다는 것을 깨달았다.

성경에는 이런 말이 있다. 새 포도주를 담기 위해서는 새 부대가 있어야 한다. 헌 부대에 새 포도주를 담을 수 없다. 맛이 변해버리기 때문이다. 책에 대한 마음도 이와 같다. 내 생각, 고집이 가득 찬 마음에는 지식이 문을 두드려도 반응할 수 없다. 철저하게 비워야 한다. 빈 공간이 있어야 채울 수 있다.

식단을 바꾸는 것만으로도 머리와 가슴, 정신이 새롭게 된다. 가벼워진다. 자연에 최대한 가까운 식단, 야채, 나물 위주의 음식을 먹어라. 좋은 음식은 좋은 에너지를 낸다. 몸에 좋은 것이 마음에도 좋다. 좋은 마음일 때, 편안할 때 독서가 더 잘 됨은 물론이다.

체력 = 독서력이다

체력은 국력이라고도 한다. 초등학생 때의 일이다. 거의 매일 아침조회가 있었다. 전교생이 운동장에 나가 국민체조를 했다. 그 시간이 참 싫었다. 그러나 지금 생각해보면 공부보다 더 중요한 일이었다. 공부는 엉덩이로 한다고들 한다. 노력과 의지가 중요하다는 것을 표현하는 말이다. 여기다 하나를 더 추가한다면 필자는 체력을 추가하고 싶다.

만방국제학교의 설립자이자 〈세븐 파워 교육〉을 지은 최하진 박사는 방송 〈꼴통쇼〉에서 공부는 영향력을 끼치기 위한 파워를 기르는 것이라고 말했다. 여기서 말하는 파워란,

첫째, 네트워크 파워. 즉 소통과 인간관계의 능력이다. 그래서 만방국제학교에는 선, 후배라는 호칭을 사용하지 않는다. 누나, 형, 언니, 동생이라고 부른다. 그 결과 선배들이 후

배들을 섬기는 리더십을 발휘한다.

둘째, 멘탈 파워. 정신적 자신감이 성공적 인생에 매우 중요하다.

셋째, 브레인 파워. 무조건식 암기식 공부가 아니라 생각하는 힘, 자기표현의 힘을 길러주고, 창의력이 넘치는 두뇌를 갖도록 한다.

넷째. 모럴 파워. 도덕적 능력을 높여야 사회로부터 존경받은 인재가 된다.

그래서 만방국제학교에서는 정직을 중요하게 생각한다. 이 학교에서는 학생들이 스마트폰을 사용하지 않도록 되어 있다. 그런데 어떤 학생이 6개월간 남모르게 스마트폰을 사용하다가 적발됐다. 그 학생은 어떻게 됐을까? 바로 퇴학조치가 되었다. 공부를 잘하면 나쁜 짓을 해도 봐주는 한국 사회와는 대조적이다. 그런 아이들은 나중에 성공한다고 해도 원리 원칙을 무시한다.

다섯째, 리더십파워. 셀프 리더십에서 시작해 공동체에 유익을 주는 리더십으로 발전시키고 결국 사회와 나라와 세계에 영향을 미치는 글로벌 리더로 자라야 한다.

여섯째, 바디 파워. 먹는 것과 운동하는 것 역시 두뇌에 큰 영향을 미친다.

일곱째, 스피리추얼 파워. 물질적인 것만 바라보지 말고 인생 전체를 바라보며 가치 있고

의미 있는 삶을 살려고 할 때 파워풀해진다.

이 세븐 파워 중에 혹시 바디 파워를 발견했는가? 이 말은 체력이 공부에 영향을 미친다는 뜻이다. 적당히 운동을 해야 공부도 잘 된다. 실제로 만방국제학교의 학생들은 아침에 일어나서 30분 정도 걷고, 오후에도 30분 정도 걷는다고 한다. 만방국제학교는 한국의 명문대 뿐 아니라 아이비리그의 대학을 보내는 학교다. 중국 내에서도 선한 영향력을 끼치는 학교로 평가받고 있다.

우리가 하는 모든 일에는 어느 정도의 근력이 필요하다. 두 발로 서있는 것도, 공부를 하는 것도 그렇다. 노인이 되면 몸의 퇴화되어 근력도 떨어진다. 그래서 허리나 무릎이 아프다. 몸을 지탱할 근력, 힘이 없기 때문이다. 독서도 마찬가지다. 체력이 좋아야 오래 즐기면서 할 수 있다.

초등학생 때만 해도 부모들은 예체능을 많이 시킨다. 체육 수업이나 활동이 자유로운 편이다. 그러나 중학생만 되도 이

야기는 달라진다. 반 아이들 중 사교육을 받지 않는 경우는 드물다. 그 때 하는 사교육이 예체능에서 국, 영, 수 위주로 바뀐다는 것이 차이점이다. 고등학생이 되면 체육수업의 비중이 놀랄 만큼 줄어든다. 대학에 가야하기 때문이다. 하지만 이런 교육 방법이 정말 효과적일까 라는 것에 대해서는 물음표가 찍힌다.

인문계 고등학교에 가면 아침부터 밤까지 공부한다. 거의 12시간 이상 공부만 붙잡고 있는 셈이다. 그 중에는 영혼 없이 자리만 지키고 있는 친구도 많다. 잠이 부족해서 자는 친구들이 반 이상이다. 만약 그 방법이 효과적이라면 인문계 고등학교에서 야자를 하는 모든 학생들이 명문대에 가야 맞다. 그러나 명문대는 소수의 몇몇 사람만 간다. 그리고 나머지는 그저 그런 대학에 가거나 재수를 한다. 이는 공부에 시간을 많이 들인다고 해서 효율적이지는 않다는 것을 보여주는 예다.

이럴 때 음악이나 운동으로 전환하는 것이 필요하다. 그래서 다른 나라의 경우 중 고등학생이 되도 스포츠 활동 등 취미나 여가 활동을 왕성하게 한다. 그들도 똑같이 공부를 한다. 그리고 대학에 간다. 공부 이외 시간을 여가 활동에 할애하고도 대학에 잘만 간다. 왜냐하면 체력이 좋기 때문이다. 중학생 때부터 고등학생까지 책상에 앉아있는 학생과 클럽 활동이나 운동을 틈틈이 한 학생이 있다. 어떤 학생의 체력이 더 좋겠는가? 당연히 후자다.

공부 물론 해야한다. 그러나 체력이 뒷받침 되어야 공부도 잘한다. 공부도 전략적으로 해야 한다. 신체의 리듬, 집중력을 고려해야 하고 체력을 만들어야 한다. 뇌가 지루하지 않도록 골고루 써야 한다. 영혼 없이 앉아있느니 1시간 운동하고 공부하는 게 더 낫다.

최근에 책을 읽으면서 이것을 깨달았다. 하지만 책을 좋아한다고 해도 책만 내리 읽으리 지루했다. 그래서 운동을 추가하기로 했다. 보통 새벽에 일어나면 원고를 쓴다. 그리고 책을 읽는다. 아이가 깨어나면 육아와 살림 한판이 시작된다. 저녁에 남편이 퇴근하면 바통터치를 한다. 남편이 아이와 놀아주는 동안 운동에 간다. 이런 식으로 하루일정에 운동을 추가했다. 그러니까 내리 책만 읽을 때보다 더 집중할 수 있었다.

또 운동을 하면 몸이 개운해진다. 땀을 흘리는 개운함이 뭔지는 해본 사람만이 안다. 처음에는 안하던 근육을 써서 근육통이 생긴다. 하지만 시간이 지나면 아침에 일어날 때 더 가뿐하다. 독서도 체력전이다. 한 번 읽고 말 것이 아니라면 길게 봐야한다. 오랫동안 즐기며 책을 읽고 싶다면 운동을 시작하자. 실제로 필자는 운동하는 중간에도 책을 읽는다.

운동을 하다보면 숨이 가쁘다거나 근육이 피로한 느낌이 들 때가 있다. 그 때 살짝 쉰다. 쉬면서도 시간은 흘러가므로 책을 읽는다. 그리고 쉬는 시간이 지나면 다시 또 운동을 바짝 한다. 그렇게 운동하는 사이에 책을 읽으면 집중도 잘 되고 재밌다.

가끔 책을 읽다가 막힐 때가 있다. 그럴 때 이 방법은 유용하다. 핵심은 다른 활동은 머리를 식힐 정도로 하고 다시 책으로 돌아와야 한다는 것. 독서로의 귀소 본능만 잊어버리지 않으면 된다.

멍 때리는 시간의 힘

언젠가부터 '멍 때리다'라는 말이 유행하기 시작했다. 네이버 오픈사전에 의하면, 정신이 나간 것처럼 아무 반응이 없는 상태, 넋을 잃은 상태를 말한다. 예전에는 멍 때리는 건 좋지 않다고 생각했다. 할 일 없는 사람들이나 하는 거라고 생각했다. 그러나 사람은 로봇이 아니다. 우리에게는 멍 때릴 시간이 필요하다. 계곡물을 생각해보라. 잔잔히 흐르다가도 급류를 탄다. 급류에는 사람도 떠내려 갈만큼 빠르다. 항상 잔잔하다면 물은 고여 썩는다.

그렇다고 항상 빠르게 흐르기만 해도 문제다. 우리의 인생도 그렇다. 완급이 없다면 균형이 사라진다. 그래서 한 주는 월요일부터 일요일까지 있다. 월요일부터 금요일까지 바쁘게 일하고, 주말에는 휴식을 취한다. 물에 비유하자면 월요일부터 금요일은 급류에 해당하고 주말은 잔잔하게 흐르는 물에 해당한다.

　최근에 쉬어본적은 언제인가? 주말이 있어도 토요일 일요일은 눈 깜짝할 새에 지나가버리지 않았는가? 그저 주어진 대로 떠밀려 가는대로 살고 있는 것은 아닌가? 내 인생을 돌아볼 시간을 가져본 적은 언제였던가? 그렇다. 우리에게는 멍 때릴 시간이 필요하다. 지나온 시간을 뒤돌아보고 나를 추스를 시간 말이다. 잠깐 쉬어가도 괜찮은 시간 말이다.

　〈개미와 베짱이〉 이야기에서 개미는 근검, 절약, 성실이란 이런 거라는 것을 보여준다. 베짱이는 정반대다. 자신이 하고 싶은 일을 하면서 즐겁게 시간을 보낸다. 그러다 겨울이 됐다. 개미는 열심히 일한 덕분에 양식 걱정을 하지 않아도 됐다. 베짱이는 놀기만 해서 먹을 게 없었다. 이 이야기의 결말은 독자들이 알고 있는 그대로다. 이런 이야기를 읽으면 성실하게 살아야겠다는 결심을 하게 된다. 어렸을 때는 그랬다. 그런데 어른이 돼서 읽어보니 조금 다르게 느껴진다.

　적어도 베짱이는 솔직했다는 생각이 든다. 굶어죽기는 했지만 하고 싶은 일을 진짜로 즐기면서 했기 때문이다. 베짱이는 겨울을 나지 못하고 죽었지만 자신이 하고 싶은 일을 선택했다. 거기다 겨울에 먹을 양식까지 준비했으면 더 좋았을 것이다. 베짱이의 삶은 짧았지만 한 번 태어났으면 좋아하는 일을 하고 사는 게 의미가 있다는 생각이 들었다.

고등학생 때는 대학에 가면 달라지겠지 하고 공부했다. 대학에 오니 취업을 하면 달라지겠지 생각했다. 대학을 가는 것도 취업도 부모님이 바라고 사회가 인정해주는 분야를 선택했다. 그렇게 개미처럼 29년을 살았다. 대부분의 사람들이 그렇듯이 초중고 대학교 코스를 밟아 바로 취업을 했다. 휴식은 사치였다. 필자는 그렇지 못했다. 사람들이 괜찮다고 생각하는 일을 했지만 지금 같은 행복감을 느끼지 못했다. 물론 의미 없는 일은 아니었다.

보람도 있었기 때문이다. 그러나 평생 하고 싶은 일인가에 대해서는 물음표가 찍혔다. 그러다 결혼을 했고 아이를 낳았다. 자연스럽게 재취업은 무기한 연기됐다. 어쩌다보니 인생에서 세 번째 휴식기를 맞게 됐다. 그 때 책을 읽었고 글을 썼다. 그러다보니 이렇게 책으로 나오게 됐다.

인생에서 짧은 휴식이든 긴 휴식이든 필요하다. 인간은 로봇이 아니기 때문이다. 감정과 생각이 있는 동물이다. 시키는 일만 24시간 할 수 없다. 잠도 자고 밥도 먹고 쉬어야 재충전이 된다. 그래야 일을 할 때 생산성이 올라간다. 독서도 마찬가지다. 책은 읽는 것이 다가 아니다. 책을 읽고 난 후가 더 중요하다. 책을 읽고 난 뒤 생각하고 삶으로 살아내는 것이 더 중요하다. 그 때도 휴식이 필요하다. 여기서 말하는 휴식이란 생각할 휴식, 잠시 책을 덮을 시간을 의미한다.

마이크로소프트의 빌게이츠는 think week를 갖는다. 한국말로 하면 생각 주간이다. 그는 아무리 바빠도 이 시간을 갖는다. 조용한 곳에 가서 책을 읽고 생각을 한다. 충분한 휴식을 취한다. 그에게는 이것이 일종의 놀이라 할 수 있다. 그곳에서 받은 영감과 아이디어가 그 해의 마이크로소프트를 이끌어나가는 것은 물론이다.

아직도 한국 사회에서는 놀이에 대해 부정적으로 생각한다. 성실하지 못하다는 인식이 깔려있다. 그러나 놀이는 일종의 휴식이다. 업무에서 벗어나 유연한 생각을 가능케 한다. 베토벤은 매일 산책을 했다. 정해진 시간에 꼭 산책을 하러 나왔다. 산책은 그의 창조성이 나타나도록 하는 일종의 놀이였다.

필자는 주말에 꼭 산책을 한다. 아무 생각도 하지 않고 걷는 길은 새롭다. 걷다가 멈춰서 생각없이 서 있기도 한다. 그러다 좋은 생각이 떠오르기도 한다. 그럴 때 메모한다. 지금 느끼는 생각과 감정이 시간이 지나면 기억이 나지 않기 때문이다. 그 때 했던 메모가 글을 쓸 때 도움이 되는 것은 물론이다. 글을 써야지 마음먹고 쓸 때보다 더 좋은 아이디어가 나온다.

책을 많이 그리고 오래 읽고 싶은가? 그러면 잠깐 멈춰야 한다. 잠깐 멈추고 놀아야 한다. 신나게 놀고 멍 때려라. 많이 읽는다고 다 내 것이 되는 것이 아니다. 내 것이 되는 독서는 철저하게 비어 있는 시공간에서 일어난다. 책을 읽으면서 중간 중간 멈춰라. 공감이 되거나 좋은 글을 만나면 밑줄을 쳐라. 그에 대한 자신의 생각을 메모하는 것도 좋다.

읽다가 지치면 잠깐 놀아도 된다. 쉬어도 된다. 아마 책만 읽을 때보다 시간이 훨씬 오래 걸릴 것이다. 그러나 익숙해지면 시간은 단축된다. 얼핏 시간을 낭비하는 것 같지만 그렇지 않다. 오히려 시간을 버는 일이다. 쉽게 얻은 지식은 쉽게 떠나간다. 그러나 철저하게 생각하고 고민한 지식은 쉽게 사라지지 않는다.

최상의 컨디션을
유지하라

운동선수는 시합을 앞두고 훈련을 한다. 컨디션을 조절한
다. 복싱 선수는 체급에 맞는 몸무게를 유지하기 위해 노력
한다. 몸무게가 체급에 맞지 않으면 시합에 나갈 수 없다. 시
합을 앞둔 2~3일전부터는 무리한 훈련은 기피한다. 부상을
조심하고 적당한 휴식을 취한다. 잠을 잘 자는 것도 그에 해
당된다. 시합을 앞두고 패싸움을 해서 다치기라도 하면 경기
에 나갈 수 없다. 매일 똑같은 몸, 컨디션을 유지해야 시합에
나가서 실력을 발휘할 수 있다. 시합 전 최상의 컨디션을 날
마다 유지하는 것이다.

올림픽 같은 큰 대회를 앞두고 임하는 선수들의 각오는 남
다르다. 작년 리우데자네이루 올림픽에서 우승한 박상영 선
수의 동영상을 보면 감동 그 자체다. 승부는 한 순간에 갈린
다. 그러나 그 회심의 일격을 이룬 선수의 훈련은 상상을 초

월한다. 매일 매일의 반복, 축적된 훈련으로 이루어진다. 요는 그런 반복과 훈련이 최상의 컨디션을 유지하는데 도움이 된다는 것이다.

　최상의 컨디션은 한 번에 만들어지지 않는다. 만에 하나 한 번에 만들어진다고 해도 어떻게 유지할 것인가가 관건이다. 독서도 똑같다. 앞에서 말한 것처럼 책만 읽는다고 바로 되지는 않는다. 책을 읽기 위한 건강이 필요하다. 눈은 피로하지 않는 게 좋고, 스트레스나 걱정으로 가득 찬 마음과 머리보다는 맑은 정신의 머리가 더 좋다.

　필자가 생각하는 최상의 컨디션은 매일 지속할 수 있는 힘이다. 그렇게 하려면 건강이 뒷받침 되어야 한다. 건강하지 않으면 우리가 하는 모든 행동에 제약을 받는다. 그래서 적당한 휴식과 운동은 꼭 필요하다.

　시험기간이 되면 공부를 안 하는 사람도 공부를 한다. 벼락치기라도 한다. 시험이 가까울수록 공부를 잘하는 사람은 여유가 있다. 반면에 공부를 못하는 사람은 그 반대다. 벼락치기를 하느라 몸이 힘들다. 수업시간은 졸리고 그에 따라 집중력도 떨어진다. 암기과목은 벼락치기를 해서 어느 정도

단타를 칠 수 있다. 그러나 국 영 수는 다르다. 평소 기초가 있고 실력이 뒷받침 되어야 점수가 나오는 과목이다. 공부는 평소에 하는 거라는 말이 괜히 있는 게 아니다.

독서도 똑같다. 평일에 바쁘다고 안 읽다가 주말에 읽어야지 하고 몰아 읽으면 다음 날이 힘들다. 한꺼번에 많은 양을 읽으려고 하기 때문이다. 하루에 한 권을 다 읽지 않아도 괜찮다. 조금씩 나눠 읽는 게 더 쉽다. 몰아 읽어야지 하면 하기 싫은 게 사람 마음이다. 그렇게 익숙해지면 점점 독서량을 늘리면 된다.

필자는 비염을 오랫동안 앓아왔다. 특히 환절기나 날씨가 추우면 심해진다. 코가 막히면 목도 아프고 심하면 머리까지 아프다. 아침에 일어나기 힘들만큼 아프기도 하다. 이번 겨울이 특히 그랬다. 마음은 일찍 일어나서 원고도 쓰고 책 좀 읽어야지 하는데 몸은 그렇지 못했다. 아침에 일어나면 개운하고 정신이 맑아야 하는데 그렇지 않았다. 머리가 무거웠다. 신기한 건 병원에서 처방해준 약을 먹으면 그렇게 심하던 비염도 가라앉는다는 거다. 그래서 평소에 관리를 잘해야 한다. 약을 먹지 않도록 면역력을 키우는 것도 답이 될 수 있다.

최상의 컨디션은 매일 만드는 것이다. 그러기 위해서는 적당한 운동과 휴식, 수면은 필수다. 목표량을 채우지 못해 잠을 늦게 잔다면 다음날 늦게 일어나게 된다. 하루 일정이 꼬여버리게 되는 것이다. 그래서 그런 부분까지도 수정할 수 있도록 고려해서 계획을 세우는 것이 좋다. 혹시 목표량을 이루지 못하더라도 수정할 수 있게 넉넉하게 시간배분을 해야 한다.

그리고 몸을 만들어라. 여기서 몸을 만든다는 것은 식스팩을 만들라는 것이 아니다. 책을 읽을 수 있는 몸, 건강을 만들라는 의미다. 어떻게 몸을 만드는 가는 앞의 3장 소주제별로 설명해놓았다. 그 부분을 참고하면 도움이 될 것이다. 규칙적인 나만의 독서 패턴을 만드는 것이 핵심이다. 최상의 컨디션으로 책을 읽자. 내 것이 되는 독서를 하는데 2배속, 4배속, 그 이상의 효과가 있다.

몸이 재산이다

영화나 드라마에 보면 교통사고를 당해 한 순간에 건강을 잃는다. 그 사건 사고는 영화나 드라마에서나 있는 일이 아니다. 현실에서도 충분히 일어날 수 있는 일이다. 그런 걸 보면 멀쩡히 걸어 다닐 수 있고 두 손을 쓸 수 있다는 게 감사하다. 운동선수들을 보면 연봉 얼마에 계약을 했다는 기사를 많이 본다. 똑같은 인간의 몸인데 왜 그들의 몸은 더 비싸고 내 몸은 그렇지 않은 걸까? 운동선수에게 있어 몸은 재산이다. 처음에 태어날 때는 적어도 비슷했다. 그러나 시간이 지나면서 몸 값의 격차가 벌어졌다. 그 이유는 무엇일까?

1만 시간의 법칙이라는 말이 있다. 운동선수들은 초등학교에 들어가기 전부터 혹은 초등학생 때부터 연습을 하고 훈련을 한다. 하루 4시간씩 한다고 가정했을 때 1년이면 2400시간, 5년이면 1만 시간이 넘는다. 그렇게 만들어진 몸과 일반인의 몸과는 당연히 다를 수밖에 없다. 식단조절 또한 엄격히 한다. 먹고 싶은 거 다 먹는 몸과는 다르다.

필자는 어렸을 때부터 패스트푸드, 인스턴트 음식에 노출되어 있었다. 부모님이 맞벌이를 하셔서 더 그랬다. 30대가 된 지금은 그런 음식을 먹으면 속이 안 좋다. 그럴 때면 건강하고 품위 있게 늙기 위해서는 몸을 챙겨야 한다고 느낀다. 사람들은 아프기 전에는 건강이 당연하다는 생각을 한다. 건강을 잃고 나서야 운동을 하고 몸에 좋은 음식을 먹는다.

병원에 가고 약을 잘 챙겨먹는다. 그렇게 해도 예전만큼의 건강을 회복하기는 어렵다. 고혈압이나 당뇨 같은 성인질환이 그렇다. 한 번 걸리면 평생 약을 먹고 살아야 한다. 그래서 건강도, 독서도 관리할 수 있을 때 해야 한다.

어떤 독자들은 아직 젊다고 생각할지도 모른다. 필자도 그랬다. 아직 50살이 되려면 20년이상 남아있었다. 젊었고 체력도 있었다. 그러나 출산을 하면서 올라가버린 혈압은 190~200대를 찍었다. 그 이후 망막은 물체의 상을 정확히 맺지 못했다. 의사 말로는 일시적인 혈압상승으로 망막 주변에 물이 찼다고 한다. 고혈압으로 인해 몸의 삼투압 현상이 깨져버린 것이다. 쉽게 말하자면 항상성이 깨져 불균형이 온 것이다. 그 때 알았다. 내가 당연하다고 생각한 건강이 그렇지 않을 수 있다는 것을, 다시 글자를 읽을 수 있다면 더 열심히 책을 읽겠다고 다짐했다. 필자에게는 그것이 시력이었지만 무엇이 될 지는 알 수 없다.

건강을 자신할 수는 없지만 예방할 수 있는 방법은 있다. 3장에서 말한 소주제의 습관을 실천하는 것이다. 충분히 자고 몸에 좋은 음식을 먹는 것, 그리고 스트레스를 받지 않는 것이다. 그것만으로도 건강해지는 것을 느낄 것이다. 거기다 적당한 운동을 추가한다면 더욱 좋다. 그런 몸 상태를 꾸준히 유지하고 매일 최상의 컨디션으로 살아라. 이렇게만 해도 정신적 육체적 건강에 아주 큰 도움이 된다.

20대가 되어보니 10대와는 다르고, 30대가 되니 20대의 체력과는 또 다르다. 10대의 기초체력으로 지금까지 버텨오는 것 같다. 초등학생 중학생 때까지 정말 많이 놀았다. 밖에서 할 수 있는 놀이란 놀이는 다 해본 것 같다. 중학생 때는 운동을 1년 정도 했는데 그것이 살아가는데 있어 많은 도움이 된다. 운동을 하면 확실히 몸이 힘들다. 심사나 대회를 앞두고 훈련을 할 때는 괴롭다는 생각이 들 정도다. 포기하고 싶은 생각도 든다. 그럴 때 한 번 더 하는 사람과 아닌 사람은 후에 엄청난 차이가 난다. 그 때 포기하지 않는 사람은 쾌감을 느낀다. 나도 할 수 있다는 자신감이 생긴다. 몸뿐만 아니라 정신력도 강해진다. 필자는 이것이 인간의 야성을 깨우는 일이라고 생각한다.

목표가 있는 것은 좋지만 무엇이든 과한 것은 좋지 않다. 건강을 헤쳐 가며 하는 공부와 독서는 금방 무너진다. 몸이 재산이다. 건강부터 충전하자. 기초체력을 쌓고 독서를 하자. 체력을 쌓지 않고 읽는 것보다 두 배 네 배 이상 더 읽을 수 있다.

옛날에 나무꾼 두 명이 있었다. 한 명은 도끼를 들어 바로 나무를 내리쳤다. 그러나 또 한 명은 도끼날을 갈았다. 누가 더 많이 빠르게 나무를 베었을까? 첫 번째 나무꾼 같지만 정답은 두 번째 나무꾼이다. 도끼날을 갈면 칼이 더 예리해진다. 예리해진 칼날이 더 잘 드는 것은 당연하다. 잘 드는 도끼로 나무를 찍으니 나무가 잘 베어진다. 체력을 쌓는 것은 도끼날을 가는 것과 같다. 오래 독서하고 싶다면 체력부터 길러야 한다.

독서는
마음의 힘에
달렸다

01
-

느긋하게 읽어라

마음이 어렵거나 감정조절이 되지 않을 때는 결정을 미뤄야한다. 잘못된 결정을 내릴 가능성이 크기 때문이다. 상대방과의 협상에서 내가 원하는 결과를 얻기 위해서는 조급함을 버려야한다. 느긋한 태도를 유지해야 한다. 책을 읽을 때도 마찬가지다. 초조함, 조급함 같은 감정은 집중력을 흩어지게 한다. 책을 온전히 즐길 수 없게 한다. 한국 사회는 스피드를 요구한다. 빠른 속도로 일하면서도 성과를 내기를 기대한다.

문제는 책을 읽을 때도 은연중에 그렇게 하고 있다는 거다. 책도 빨리 읽으면 좋다고 생각한다. 물론 내가 한 권 읽을 동안 두 세 권 씩 읽는 사람도 있다. 그런 사람을 보면 부러우면서도 질투하게 된다. 그러나 앞에서 말한 것처럼 빨리 읽는 것이 전부는 아니다. 그 사람은 그 사람이고 나는 나다. 그것을 인정하면 편해진다. 그리고 책을 읽는데 온 마음과 힘을 쏟아 부어라. 다른 사람과 비교하는 독서보다는 자신을 위한 독서를 하라.

처음에 필자는 그렇지 못했다. 그저 정보와 지식을 얻는 것만으로 잘하고 있다고 생각했다. 하루라도 빨리 다음 책을 읽고 싶었다. 책 한 권에 정성을 쏟지 못했다. 확실히 권수로는 많이 읽었는지 모른다. 하지만 남는 것이 없었다. 작가의 의도를 파악하려고도 하지 않았고 책대로 살아내려고 하지 않았다. 문자 그대로 텍스트만 읽었을 뿐이었다. 삶에는 아무런 변화가 일어나지 않았다.

평상시의 평온한 마음을 유지할 때 책을 읽는 게 좋다. 누가 몇 권을 읽었는지 신경 쓰지 마라. 비교의 안테나를 내려라. 나에게 필요한 책을 읽어라. 초조함으로 읽지 마라. 느긋하게 커피 향을 음미하듯이 읽어라. 어떤 날은 한 줄을 읽기도 하고 또 어떤 날은 한 쪽을 읽기도 하는 식으로 그저 날마다 내가 읽어야 할 몫을 읽으면 된다. 목표를 정하는 것은 필요하다. 그러나 목표 그 자체에 내가 무너져서는 안 된다. 목표는 목표일뿐이다. 작게 조금씩 느긋하게 읽어라. 그것이 습관이 되면 1장이 10장이 되고 100장이 책 한 권이 된다.

아무것도 하지 않는 사람보다는 조금씩이라도 읽는 사람
이 낫다. 그러다보면 원하던 목표에 도달한 자신을 발견할
수 있을 것이다.

'승패병가지상사'라는 말이 있다. **이기고 지는 것은 병가
에서 일상적인 일이다. 〈당서〉 배도전에 나오는 말이다. 특
히 전쟁에 패하고 낙심하고 있는 임금이나 장군들을 위로하
기 위해 늘 인용되는 말이다. 전쟁을 직업처럼 일삼고 있는
병가로서는 이기고 지는 것을 당연한 것으로 알아야 한다.
기뻐하지도 낙심하지도 말고 당연히 있을 수 있는 일이라고
태연하게 받아들여야 한다. 앞으로의 대책에 보다 신중을 기
하라는 뜻이다. 져본 놈이 이긴다. 이기는 방법을 배우는 것
은 주로 진 데 있다.**

〈출처: 네이버 지식백과 한자성어·고사 명언구 사전, 이담북스〉

시도하다보면 아마 끊임없는 실패와 시행착오를 겪게 될
것이다. 위의 고사를 보면 지는 것, 즉 실패하는 것은 당연하
다는 것을 보여준다. 그래서 평정심을 잃지 않는 것은 중요
하다. 이기고 질 때마다 감정이 오르락내리락 한다면 목적보
다 감정에 휘둘리게 된다. 물론 사람이기 때문에 감정을 다

스린다는 게 쉬운 일은 아니다. 그러나 우리는 가끔 중요하지 않는 관계나 사람에게 감정을 소비한다. 나에게 소중한 사람이 아니라면 더 이상 감정을 소비하지 마라. 그런 감정이 올라올 때 느긋하게 시작하라. 느긋하게 책을 읽어라. 그것을 반복하면 느긋함에도 속도가 붙는다. 그 속도는 가속도가 붙어 점점 더 많이 더 빨리 읽을 수 있게 된다.

전쟁도, 싸움도 초조함은 화를 부른다. 나 자신과의 싸움도 그렇다. 독서는 나 자신과 하는 고결한 싸움이다. 전쟁도, 싸움도 초조함은 화를 부른다. 나 자신과의 싸움도 그렇다. 독서는 나 자신과 하는 고결한 싸움이다. 작가의 생각과 독자의 생각이 만나 융합을 이루기도 하고 대립하기도 한다. 그리고 또 다른 답을 창조하기도 한다.

만약 독자들이 책 한 권을 읽고 말 것이 아니라면 천 권 읽기, 만 권 읽기 그 이상을 꿈꾼다면 초조함은 무익하다. 조급한 마음을 내려놓아야 한다. 느긋하게 읽되 언제 가장 효율적으로 읽을 수 있는지 생각하라. 효율적인 시간과 장소를 찾아라. 그 때 시기적절한 독서가 시작된다.

02
—

있는 그대로 읽어라

사람들이 예수께서 만져주심을 바라고 자기 어린 아기를 데리고 오매 제자들이 보고 꾸짖거늘 예수께서 그 어린 아이들을 불러 가까이 하시고 이르시되 어린 아이들이 내게 오는 것을 용납하고 금하지 말라 하나님의 나라가 이런 자의 것이니라. 〈누가복음 18장 15~16절〉

성경에서는 어린 아이들이 오는 것을 용납하고 금하지 말라고 했다. 왜 용납했을까? 뒷부분을 읽어보면 알 수 있다. 하나님의 나라가 어린 아이와 같은 자의 것이라고 했다. 성경에서 말하고자 한 것은 어린 아이와 같은 순수함, 순전한 마음이다. 이 마음은 책을 읽을 때도 필요하다.

어른이 되면 이것저것 재게 된다. 문제는 그런 사고방식이 굳어진다는 것이다. 책을 읽을 때도 그렇게 된다. 열린 마음으로 읽지 않으니 작가의 의도를 오해하고 전혀 다른 방향으로 생각하기도 한다.

책을 읽을 때는 아이 같은 마음으로 읽어야 한다. 순수하게 읽어야 한다. 순수하게 읽어야 순수하게 내 것이 된다. 닫힌 마음에서 얻는 지식은 반 토막에 불과하다. 뭔가 얻기 위해서는 버려야 한다. 비워야 한다. 비워야 채울 수 있다.

본래 사람에게는 순수성이 있다고 믿는다. 아이를 키우면서 느낀다. 아이들은 넘어지고 다쳐도 개의치 않는다. 언제 그랬냐는 듯이 울다가도 울음을 그친다. 다시 일어난다. 넘어졌다는 것을 잊어버리고 또 한다. 그런데 살아가다보면 이런 순수성이 침범 당하고는 한다. 사람들은 다시 실패하거나 상처받지 않기 위해 순수하지 않는 것을 택한다.

그렇게 아이였을 때의 순수성을 잃어버린다. 비뚤어진 마음이 아닌 열린 마음으로 책을 읽어라. 유시민 작가는 〈공감 필법〉에서 이렇게 말했다. 작가의 의도를 느끼고 있는 그대로 받아들여라. 비평은 그 후에 해도 늦지 않다.

영화 〈예스맨〉에서 짐 캐리는 매사에 부정적인 사람을 연기한다. 그는 'No'를 입에 달고 사는 사람이다. 그러던 어느 날 친구의 권유로 YES 세미나에 참석한다. 긍정적인 사고가 행운을 부른다는 프로그램 규칙에 따라 모든 일에 'YES'라고 대답하기로 결심한다. 뭐든지 할 수 있다는 자세로 칼은 새로운 일에 도전한다. 번지점프 하기, 한국어 수업 듣기, 모터 사이클 타기 등의 목록을 실행한다. 접수되는 대출 신청서류마다 YES, 구매강요 온라인 쇼핑몰 메일에도 YES, 무조건 YES라고 말한다. 그 과정에서 칼은 승진을 한다. 매력적인 여자 친구도 만난다. 평소에는 하지 않을 여행도 떠난다.

이 영화를 보면서 아는 만큼 보인다는 말이 떠올랐다. 얼마나 긍정적으로, 열린 마음으로 세상을 바라보느냐에 따라 인생이 바뀐다. 책을 읽으면서 그런 점을 참 많이 발견했다. 내 마음의 상태에 따라 책에서 얻고 얻지 못함의 차이가 있었다.

세상은 너무 복잡하다. 그런 세상 속에 살아가는 우리는 여기저기서 찌꺼기가 묻는다. 우리 안에 묵은 찌꺼기를 털어내야 한다. 있는 그대로 바라보는 눈이 필요하다. 독서는 우리의 묵은 찌꺼기를 털어내게 한다. 있는 그대로의 모습, 본연의 모습으로 살아가게 한다. 독서는 잃어버린 순수성을 회복시키는 힘이 있다.

흔들리지 마라

죽는 날까지 하늘을 우러러

한 점 부끄럼이 없기를

잎새에 이는 바람에도

나는 괴로워했다.

별을 노래하는 마음으로

모든 죽어가는 것을 사랑해야지

그리고 나한테 주어진 길을

걸어가야겠다.

오늘 밤에도 별이 바람에 스치운다.

- 윤동주 〈서시〉 -

작년에 〈동주〉라는 영화가 개봉을 했다. 영화의 여파인지 윤동주 시인의 작품이 재조명을 받았다. 대한민국 사람이라면 이 시를 한 번쯤은 들어본 적이 있을 것이다. 시에는 독립운동가로서의 시인의 의지와 고민, 번뇌가 나타나있다. 그러면서도 자신의 마음을 잘 표현했다. 시인은 작품을 쓰면서 흔들리는 마음과 생각을 다잡으려고 했다. 윤동주 시인이 그랬던 것처럼 독서에도 흔들리지 않는 마음이 필요하다.

만화 〈슬램덩크〉에서는 "리바운드를 지배하는 자가 시합을 제압한다."고 말한다. 덩크슛, 멋진 개인플레이를 노리는 강백호에게 채치수가 한 말이다. 처음에 강백호는 **리바운드**^A가 시시하다며 거들떠보지도 않는다. 그러나 채치수에게 리바운드의 중요성을 듣고 마음을 바꾼다. **풋워크**^B를 연습하

....

A **리바운드**　　　　　　　　　　〈출처: 네이버 지식백과 두산백과 리바운드〉
농구 경기에서 슛을 한 공이 바스켓 안에 들어가지 않고 림이나 백보드에 맞아 튕겨 나온 것을 잡아내는 기술을 이르는 말한다. 농구 경기에서 리바운드 장악은 경기의 승패를 결정짓는 매우 중요한 요소이다.

B **풋워크**　　　　　　　　　　〈출처: 네이버 지식백과 체육학 대사전 풋워크〉
발의 움직임. 발자국 놀이, 풋볼이나 바스켓볼과 같은 구기뿐만 아니라 복싱 등에 있어서 기본이 되는 발의 움직임을 말한다.

고, **스크린아웃**[c]을 연습한다. 상대팀과의 경기에서 북산 팀은 마음 놓고 슛을 한다. 노골이어도 강백호가 리바운드를 잡아줄 거라고 믿기 때문이다.

골밑의 싸움은 치열하다. 리바운드를 잡기 위해서는 스크린아웃이라는 기술적인 면이 필요하다. 그러나 이것보다 더 중요한 것은 볼에 대한 집념이다. 어떻게든 반드시 볼을 잡겠다는 집념 말이다. 자칫 반칙을 할 수도 있다.(농구는 5반칙을 하면 퇴장 당한다) 그러나 반칙을 두려워하면 몸을 적극적으로 뻗을 수 없게 된다. 마음이 흔들리면 볼은 상대팀에게 뺏긴다. 독서도 마찬가지다.

당신이 책을 읽으려고 할 때 주변의 반응은 보통 두 가지 정도일 것이다.

첫 번째는 부정적이다. 책은 모두 다 똑같은 소리만 한다고 생각하는 사람들이다. 그래서 책을 사서 읽는 것을 시간

C **스크린 아웃** 〈출처: 네이버 지식백과 두산 백과 스크린 아웃〉
농구에서 상대 팀 선수들보다 먼저 리바운드를 잡기 위해 유리한 위치를 점하는 것, 즉 상대 팀 선수들을 골 밑 지역에서 밀어내는 것을 가리킨다. 박스아웃(box out)이라고도 한다.

과 돈이 아까운 짓이라고 생각한다. 이렇게 말하는 사람 치고 책 읽는 사람은 거의 없다. 아마 독자들보다 책을 더 안 읽을 사람일 가능성이 크다. 이런 지인, 친구와는 적당한 거리를 유지해라. 독자들이 독서 외에 다른 어떤 일을 한다고 해도 격려와 지지를 보내기 보다는 야유와 기가 꺾이는 이야기를 할 가능성이 크다. 친해져서 이득이 될 게 없다.

두 번째는 좋은 책을 추천하거나 빌려주기도 하는 사람이다. 매우 드문 케이스다. 이런 사람과 어울려라. 이런 사람들과 함께할수록 나를 둘러싼 환경과 분위기가 바뀐다. 책 읽을 맛 나는 분위기인 것은 말할 것도 없다. 그 사람들로부터 좋은 책을 추천하거나 좋은 사람을 추천받기도 한다.

〈꿈꾸는 다락방〉, 〈리딩으로 리드하라〉 등의 책을 쓴 이지성 작가는 대학생 때 작가가 되기로 결심했다. 진로문제로 아버지와 자주 다퉜다. 어떤 날은 아버지에게 맞고 집에서 쫓겨나기도 했다. 아버지 몰래 자는 척을 하며 책을 읽기도 했다. 그렇게 꿈을 키웠다. 14년 7개월 만에 그는 꿈을 현실로 만들었다. 〈꿈꾸는 다락방〉, 〈여자라면 힐러리처럼〉이 초대형 베스트셀러가 됐다.

꿈을 이루는 방법은 간절함이다. 꿈에 대한 집념이 유혹보다 강해서 남들이 뭐라고 하든 흔들리지 않는 것이다. 묵묵히 자신의 길을 가는 것이다. 독서도 그렇다. 남들이 뭐라고 하든 이해해주지 않든 묵묵히 책을 읽는 것이다. 독자가 책을 읽는 이유는 무엇인가? 그것을 찾았다면 답은 쉽다. 흔들리지 않는 자신만의 독서를 하면 된다. 읽기에 대한 집념이 읽기를 지배한다.

04
–

최고를 목표로 하라

내가 네 행위를 아노니 네가 차지도 아니하고 뜨겁지도 아니하도다. 네가 차든지 뜨겁든지 하기를 원하노라. 네가 이것이 미지근하여 뜨겁지도 아니하고 차지도 아니하니 내 입에서 너를 토하여 버리리라.

〈요한계시록 3장 15~16절〉

가만히 있으면 중간이라도 간다는 말이 있다. 그러나 시대가 달라졌다. 사람들은 어떻게든 자신을 PR하려고 한다. 일반인도 SNS를 통해 브랜드가 되는 세상이 됐다. 최고를 목표로 하면 평범한 사람도 브랜드가 될 수 있다는 말이다. 학교에서도 직장에서도 상위 1%는 존재한다. 똑같은 학교, 직장이지만 공부 잘하고 일 잘하는 사람이 존재한다. 같은 일을 해도 어떤 사람은 보험왕이 되는가하면 어떤 사람은 할당량을 채우지 못한다.

왜 어떤 사람은 보험왕이 되고 어떤 사람은 실적부진에 고민하는 것일까? 그 차이는 무엇일까? 필자는 〈10배의 법칙〉이라는 책을 통해 그 답을 찾을 수 있었다.

그랜트 카돈의 〈10배의 법칙〉에서는 목표를 10배 높은 수준으로 설정하고 10배의 활동량을 늘리라고 한다. 저자는 팔굽혀펴기 10개를 하나 100개를 하나 똑같이 힘들다고 말한다. 그럴 바에 더 많이 하는 게 낫다고 말한다. 더 많이 하면 근육량이 더 늘어나고 몸이 만들어지기 때문이다. 이 법칙은 영업에서도 업무에서도 적용된다. 우리가 원하는 것을 이루지 못한 이유는 1배 수준의 목표와 1배 만큼의 활동량을 했기 때문이다. 10배 수준의 목표와 10배 만큼의 활동량을 늘리면 원하는 것을 이룰 수 있다가 책의 내용이다.

처음 책을 읽을 때는 1000권 독서가 목표였다. 그 때는 너무나 아득한 목표였다. 하지만 포기하지 않고 하다 보니 어느새 1000권을 읽는 사람이 됐다. 1000권 독서가 아직도 불가능한 목표로 느껴지는가? 책을 많이 읽는 사람이나 할 수 있는 일이라고 생각하는가? 그렇지 않다. 당신도 충분히 할 수 있다. 7년 전 만해도 필자는 책을 읽지 않은 사람이었다.

1년에 1권도 읽지 않는 사람이었다. 앞에서 이야기했듯이 아주 우연히 책 한 권을 읽었다. 그 책 한 권이 계기가 되어 지금까지 책을 읽게 됐다. 1000권을 읽기 위해 책을 항상 끼고 다녔다. 시간을 쪼개고 또 쪼갰다. 출·퇴근 시간, 누군가를 기다리는 시간, 이동 시간, 커피를 시켜놓고 기다리는 시간 등 틈나는 대로 책을 읽으려고 노력했다.

매일 책을 읽었던 것은 아니었다. 어떤 날은 한 줄도 읽지 못하고 잠들기도 했다. 그럼에도 수년 간 지속적으로 책을 읽을 수 있었던 이유는 간절함이었다. 이대로는 안 된다는 생각. 달라져야 한다는 생각을 했다. 변화하고 싶었다. 그러다 보니 어떻게 하면 책을 읽을 수 있을까를 고민했다. 안 되는 방향보다는 되는 방향으로 생각했다. 책을 좋아하는 사람들을 찾아다녔고 만났다. 그들 앞에 내 존재는 지극히 미미했다. 그래서 더 오기가 생겼다. 저 사람도 한다면 나도 할 수 있다고 생각했다. 그것이 10배의 목표와 10배의 활동량을 만들었다. 덕분에 5년 동안 0권에서 1000권을 읽을 수 있었다.

물론 더 짧은 기간에 더 많이 집중 독서를 한 사람들도 많다. 그러나 우리나라 평균적인 사람들에 비하면 결코 적게 읽은 것은 아니다. e-나라지표에 의하면 2011~2015년까지 지역별 성인의 연간 독서량의 평균은 9.1권이다. 독서자의 경우는 14.1권을 읽었다. 평균적인 사람들은 1년에 9권을 읽은 셈이다. 이 수치대로라면 5년이면 45권을 읽는 셈이다.

당신은 어떤 사람이 되고 싶은가? 평균만큼의 책을 읽는 사람이 되고 싶은가? 아니면 평균 이상의 책을 읽는 사람이 되고 싶은가? 당신이 어떤 마음과 행동을 결정하느냐에 따라 환경과 상황은 바뀔 수 있다.

책을 읽는다면 평범하게 읽지 마라. 독특하게 읽어라. 나만의, 유일무이한, 대체 할 수 없는 독서를 해라. 이왕이면 최고를 목표로 하고 읽어라. 꼭 권수를 많이 읽는 것이 최고의 독서는 아니다. 그러나 당신의 관심분야, 그 분야만큼은 최고가 되겠다는 목표로 읽어라. 한 분야만 파라. 그 분야에 집중하라. 그렇게 파다보면 복잡한 세상을 살아갈 답이 보인다. 그러면 평범한 사람에서 비범한 사람으로 도약하는 순간이 온다.

05
-

행복해지는 독서를 하라

행복은 주관적이다. 어떤 사람은 선진국에 살지만 자신이 행복하지 않는다고 느낀다. 반면에 어떤 사람은 사회적 기반이나 복지가 미비한 나라에 살지만 행복하다. 돈이 많다고 해서 생활수준이 높다고 해서 행복한 것은 아니다.

최근 웃어본 적은 언제인가? 최근 행복하다고 느낀 적은 언제인가? 이에 대답할 수 있는 사람도 있고 그렇지 않은 사람도 있을 것이다. 적어도 어렸을 때는 많이 웃었었는데 어른이 되니 웃기보다는 눈물 흘릴 일이 더 많다. 우리는 언제부터 행복을, 웃는 법을 잃어버린걸까?

책은 행복하게 읽어야 한다. 책을 읽으면 행복해져야 한다. 누가 시켜서 억지로 하는 독서는 결코 행복해지지 않는다. 주체가 내가 아니기 때문이다. 다른 사람이 주는 동기는 오래가지 못한다. 처음에는 그 사람의 열정이 나를 이끈다.

행동하게 한다. 그러나 또다시 슬럼프가 오면 일어설 힘이 자체적으로 없다. 그 사람이 열정을 전해주지 않으면 혼자서는 할 수 없는 사람이 되는 것이다.

어떤 일을 지속하는 힘은 나로부터 나오는 동기에 있다. 그 열정을 지속시킬 수 있을 때 끝까지 할 수 있는 힘이 생긴다. 따라서 내가 주체이어야하고 나를 위한 독서를 해야 한다. 내가 행복해지는 독서를 해야 한다. 그래야 꾸준히 읽을 수 있다.

행복과 성취는 비례하지 않는다. 우리는 흔히 성공하면, 돈이 많으면 행복할거라는 생각을 한다. 그렇다면 왜 대기업 회장이, 그리고 그 가족들이 기업승계 문제로 서로 싸우는 걸까? 돈이 많으면 행복해야 하는데 말이다. 성취와 행복은 별개의 문제다.

예를 들어, A는 1주일에 10권을 읽는다. B는 1주일에 1권을 읽는다. A는 책을 빨리 읽는다. 그래서 책을 읽고 리뷰를 적지 않는다. 이번 주도 빨리 읽고 다음 책을 읽어야겠다는 생각을 한다. 책에서 분명히 좋은 구절이 있었는데 그게 무슨 말이었는지 기억이 나지 않는다. 다시 책을 펼쳐볼 생각은 하지 않고 책을 덮는다.

책을 읽고 그저 좋다, 대단하다가 전부다. 책을 빨리 읽기는 하지만 글로 적어두지 않으니 머릿속에 있는 좋은 생각이 사라진다. 책을 읽어도 남는 것이 없다. 그러니 책을 읽고 실천을 한다는 것은 거의 불가능 하다.

반면에 B는 책을 느리게 읽는 편이다. 그러나 중간 중간 책에 밑줄을 치기도 하고 리뷰를 반드시 적는다. 리뷰를 적기 위해 다시 책을 펼치는 수고로움도 마다하지 않는다. 책을 읽으면서 느낀대로 살아가려고 한다. 어느 쪽이 깊이 있는 독서를 하는 걸까? 어느 쪽이 행복해지는 독서에 가깝다고 생각하는가? 그리고 당신은 어떤 독서를 하고 싶은가?

20대의 독서는 성공에 초점이 맞춰져있었다. 변하고 싶었고 그래야 내가 원하는 삶을 살 수 있을 거라고 생각했다. 그러다 출산 후 터닝 포인트를 맞이했다. 그 이후의 독서는 성공이 아닌 성장에 초점을 두게 됐다. 만약 아이를 낳지 않았더라면, 엄마가 되는 경험을 하지 않았더라면, 지금 하고 있는 생각을 하지 못했을 것이다. 그 경험은 결핍과 동시에 성숙을 가져왔다. 당연하다고 생각했던 것들이 그렇지 않을 수

도 있다는 것을 배웠다. 아주 평범한 계기가 독서의 큰 틀을
바꾸는 기회가 됐다.

행복한 독서를 하기 위해서는

첫째, 앞에서 말했듯이 내가 주체가 되는 독서를 해야
한다.

둘째, 속도보다 방향이다. 빨리 읽는 것보다 어떤 생각을
갖고 읽느냐가 더 중요하다. 책에 밑줄도 치고 그 책에서
말하고자 하는 바를 한 문장으로 쓸 수 있어야 한다. 철저
하게 작가의 의도를 파악할 수 있어야 한다. 그리고 생각해
야 한다.

셋째, 마음을 비워야 한다. 내 생각으로 가득차면 작가의
의도를 100% 이해할 수 없다. 책에 100% 집중할 수 없다.
소설이나 영화를 보면 빠져들듯이 그런 집중력으로 읽어야
한다.

사람은 자기가 하고 싶은 일을 할 때 가장 자신답게 살 수
있다. 행복해지는 일을 해야 행복해진다. 우리는 알면서도
그렇게 하지 못할 때가 있다. 독서도 마찬가지다. 당신을 행
복하게 하는 책을 읽어라. 만화책, 소설, 자기계발서, 인문

어떤 분야든지 상관없다. 그리고 온전히 독서에 몰입하라.

성공만을 추구하는 독서는 나를 고갈시킨다. 오래오래 행복한 독서를 할 수 없다. 정말 책 맛 나는 독서는 읽고 또 읽어도 지치지 않는다. 읽을수록 행복해진다. 읽을수록 풍성해진다. 책을 읽으면서 웃을 수 있다면 당신은 이미 행복한 독서를 하고 있는 사람이다.

독서 권태기,
지금 힘들다면 잘 되고 있는 것이다

가야할 때가 언제인가를

분명히 알고 가는 이의 뒷모습은 얼마나 아름다운가

봄 한 철 격정을 인내한

나의 사랑은 지고 있다

분분한 낙화

결별이 이룩하는 축복에 싸여

지금은 가야할 때

무성한 녹음과 그리고 머지않아 열매 맺는

가을을 향하여

나의 청춘은 꽃답게 죽는다

헤어지자 섬세한 손길을 흔들며

하롱하롱 꽃잎이 지는 어느 날

나의 사랑, 나의 결별

샘터에 물고이듯 성숙하는

내 영혼의 슬픈 눈

– 낙화 이형기 –

이 시가 100% 이해되는가? 만약 그렇다면 독자의 이해력에 박수를 보낸다. 이 시에는 이해되지 않는 표현이 몇 있다. '결별이 이룩하는 축복'이라는 말이 그렇다. 헤어지는데 축복이라고 표현하다니 이 시를 배웠던 중학생 때는 이해할 수 없었다. 이 표현처럼 책을 읽다보면 알 수 없는 이해되지 않는 말들이 몇 십 개, 혹은 몇 백 개씩 있다. 햇수로 6년째 독서를 해오고 있는 지금은 그 의미를 조금씩 깨닫고 있다.

필자 역시 책이 안 읽어지던 때가 있었다. 소위 말하는 권태기였다. 책을 읽어도 재미없고 왜 읽는지 모를 의미 없는 날이 계속됐다. 손에 책을 놓지 않고 읽었지만 예전만큼의 속도가 나지 않았다. 그 때는 몰랐다. 그게 기회가 되었다는 것을. 지금 힘들다면 잘되고 있다는 것을 말이다. 운동선수들도 권태기가 있다. 시즌에 경기성적이 좋지 않거나 부상을 당했을 때가 그렇다. 그런데 신기한 점은 어떤 선수는 그 권태기를 잘 극복하는 반면, 어떤 선수는 그대로 은퇴를 한다거나 자취를 감추기도 한다. 권태기를 잘 극복한 선수는 이전보다 기량이 더 좋다.

LA 다저스의 류현진 선수는 2015년 어깨부상으로 수술을 받았다. 수술 후 2년 가까이 재활을 했다. 최근 LA 다저스에 합류한 류현진 선수는 시범경기에서 등판 때마다 투구 이닝을 1이닝씩 늘려 총 4경기에서 14**이닝**[A] 동안 4**자책점**[B]을 기록해 **평균 자책점**[C] 2.57을 기록했다.

– 연합뉴스 "괴물쇼 재현된다. 류현진, 2017년 다저스 선발 확정"

2017-03-28 일자 –

A **이닝** 〈출처: 네이버 지식백과 두산백과〉
회라고도 한다. 두 팀이 공격과 수비를 1회씩 했을 때 1이닝이 끝났다고 한다. 일반적으로 야구는 9이닝, 소프트볼은 7이닝, 크리켓은 2이닝으로 한 경기(연장전 제외)가 구성되어 있다.

B **자책점** 〈출처: 네이버 지식백과 두산백과〉
투수가 책임을 져야 할 실점.

C **평균 자책점** 〈출처: 위키 백과〉
야구에서 투수를 평가하는 지표 중 하나이다. 투수의 9 이닝당 자책점으로 나타내며 비교적 계산하기 쉽기 때문에 예전부터 투수를 평가하는 지표 중에서 가장 중요하게 여겨졌으나 등판 경기수, 상대의 타력, 수비력 등의 차이를 반영하기 힘들다는 단점이 있기 때문에 이를 반영하여 보정한 조정 평균 자책점이 나오게 되었다.

혹시 지금 독서 권태기를 겪고 있는가? 그렇다면 당신은 잘 되고 있는 것이다. 책을 읽는 것도 재활이 필요하다. 시간이 필요하다. 조급해하지 말고 그 날 내가 할 수 있는 만큼만 해라. 한 장만 읽을 수 있다면 한 장만 읽어라. 더 읽을 수 있다면 더 읽으면 된다. 우리는 끊임없이 실패한다. 실패는 부끄러운 것이 아니다. 자랑스러운 것이다. 수많은 실패가 축적되어 목표를 이루고 성공을 불러오기 때문이다.

실패는 당신을 더 강하게 만든다. 권태기를 넘어서면 이전보다 책이 훨씬 더 잘 읽힌다. 권태기를 극복하는 방법은 계속 시도하고 실패를 경험하는 것이다. 매일 내가 하는 일상의 행동과 꾸준함이 권태기를 극복하게 한다.

경험은 인생의 기록이다. 종이 텍스트를 읽는 것이 독서의 전부는 아니다. 삶 속에서 우리는 날마다 인생의 페이지를 쓰고 있는 셈이다. 독서는 삶에서 우러나오는 것이다. 그러다 보면 열정이 없어도 감정이 어려워도 책을 계속 읽을 수 있는 힘이 생긴다.

시간을
제압하는 자가
독서도
제압한다

01

다이어리를 비서처럼 써라

드라마에 보면 회장님 옆에는 늘 비서가 있다. 비서는 회장을 대신해 자질구레한 일부터 세심한 일까지 처리한다. 그러기 위해 비서는 회장의 일거수일투족을 다 파악해야 한다. 회장의 1시간은 직원의 1시간과 다르다. 그렇기 때문에 돈을 지불하면서도 비서를 채용한다.

바쁠 때는 몸이 두 개라도 모자란다. 그럴 때 비서가 있었으면 좋겠다는 생각을 한다. 하지만 일반인이 비서를 고용하기란 쉽지 않다. 그러나 방법이 아주 없는 것은 아니다. 비서처럼 나를 도와줄 수 있는 훌륭한 도구가 있다. 바로 다이어리다. 다이어리를 비서처럼 활용하면 된다.

하루는 24시간이다. 직장생활을 하다보면 하루가, 일주일이 어떻게 사는지 모르게 지나갈 때가 많다. 월요병이 걸리는 월요일부터 불타는 금요일을 기다렸는데 주말이 어떻게 지나갔는지 모를 때가 있다. 그럴 때 허무하다. 그래서 다이어리를 쓰기 시작했다. 필자는 간호사였다. 3교대 근무를 했기 때문에 스케줄이 들쭉날쭉 했다. 간호사는 보통 1달로 스케줄이 나온다. 이를테면, 월요일부터 수요일까지는 오전근무, 목요일부터 토요일까지는 야근, 일요일은 휴무 이런 식이다.

그러다보니 내가 어떻게 살고 있는지 알 수 없었다. 계속 변경되는 근무에 몸이 적응하기에도 바빴다. 그런데 다이어리를 쓰니까 한 달 일정이 눈에 확 들어왔다. 근무 시간을 적고 일정을 관리하니 한 주와 한 달이 보였다. 내가 어떻게 살아가는지 알 수 있었다. 다이어리에는 월간, 주간 계획, 크게는 사명과 비전을 적는 양식이 들어있었다. 그 때 적은 계획과 목표가 꿈의 밑그림이 되었다고 생각한다.

2년차가 되면서부터는 여유가 조금 생겼다. 틈틈이 강의를 듣고 독서 모임에 나가기 시작했다. 일과 병행하면서 탄력적인 생활을 할 수 있었던 것은 다이어리 덕분이었다. 그렇게 쌓인 기록은 나의 역사가 되었다. A5 크기의 파일에 목록별로 분류해놓았다. 스케줄 기록은 스케줄 파일에 보관했고, 병동 컨퍼런스 기록은 컨퍼런스 파일에 보관했다. 그런 식으로 목록을 기하급수적으로 늘릴 수 있다. 다이어리를 쓰는 이유는 시간 관리를 위해서가 첫째다. 둘째는 정보를 효율적으로 관리하기 위해서다.

학교 다닐 때 유인물을 잃어버렸던 기억이 있는가? 고등학생이 되자 유인물을 참 많이 받았다. 파일도 엄청 많이 샀던 기억이 난다. 신기한 것은 시험이 끝나는 순간 유인물이 낱장으로 굴러다닌다는 거다. 뭐가 어디에 있는지 모른다. 정작 필요할 때 쓰려고 찾으면 없다. 그런데 다이어리를 목록별로 분리해서 보관하면 몇 년이 지난 것도 그대로 보관할 수 있다. 종이가 구겨지는 일도 없어 깔끔한 상태에서 보관이 가능하다. 필요하면 언제든지 꺼내서 들춰볼 수 있다는 게 장점이다.

다이어리를 쓰면서 느낀 점은 그동안 내 인생을 너무 방치했다는 점이다. 폴 발레리는 "생각한대로 살아라 그렇지 않으면 사는 대로 생각하게 될 것이다." 라고 말했다.
독서와 다이어리가 아니었으면 여전히 사는 대로 살았을 것이다. 사람들은 세상이 공평하지 않다고 말한다. 기회는 기득권이나 특권층에게만 있다고 말한다. 필자도 그렇게 생각했다. 그러나 기회는 분명히 있다. 기득권이나 그렇지 않은 사람들에게도 공평하다. 차이점이 있다면 전자는 기회를 활용할 줄 아는 반면 후자는 그렇지 못한다는 점이다.

지금은 정보의 홍수라 불리는 시대다. 인터넷으로 누구나 정보에 접근할 수 있다. 정보를 어떻게 활용하느냐에 따라 성공과 실패가 결정된다. 다음 세대가 살아갈 시대는 더 그런 시대가 될 것이다. 그런 점에서 다이어리는 시간과 정보를 관리하고 활용하는 두 마리 토끼를 모두 잡는 도구가 된다.

독서 리뷰를 기록하는 양식도 포함되어 있어 활용도는 무궁무진하다. 그 도구를 가지고 어떻게 자신에게 맞게 최적화시키느냐에 따라 활용이 가능하다. 그런 점에서 다이어리가 정말 필요한 사람은 오히려 일반인이다. 회장은 스케줄을 조정해줄 비서가 있지만 일반인은 없기 때문이다.

다이어리의 종류도 가격도 천차만별이다. 이왕 다이어리를 산다면 조금 비싸더라도 값어치를 할 수 있는 다이어리를 사라. 그것은 나 자신에게 하는 투자다. 비유하자면 컴퓨터 활용능력만 있는 비서를 채용할 것인지 시사, 경제, 회계, 컴퓨터를 두루 사용할 수 있는 비서를 채용할 것인지의 문제와 같다. 싼 가격의 옷을 사면 금방 헤진다. 조금 비싸지만 좋은 옷을 사면 몇 년을 입어도 깔끔하다. 다이어리를 사는 것도 똑같다.

필자는 처음에 60000원 정도의 다이어리를 썼다. 이 가격이 비싸다고 느껴지는가? 60000원을 투자하면 1년 동안 나의 시간과 정보 관리를 할 수 있는데도 그런가? 다이어리가 주는 활용도와 가치를 생각하면 엄청 싸다고 생각한다. 비용이 부담된다면 1년 2년 조금씩 모으면 살 수 있다. 4년 전 했던 60000원의 투자가 필자를 일반인에서 작가로, 꿈을 꾸고 실현하는 사람으로 만들었다.

처음에는 어떻게 활용해야 하는지 모르겠고 귀찮기도 하다. 요즘은 다이어리 교육이 많이 진행되고 있다. 센터에 등록하는 방법도 있고 책을 통해 정보를 얻을 수도 있다. 일대일 코칭도 많이 진행되고 있으니 그것을 이용하는 것도 추천한다.

나에게 한 투자는 절대 나를 배신하지 않는다. 그 돈이 아깝다면 더 절실하게 하나도 놓치지 않겠다는 마음으로 배워라. 그러다보면 어느새 다이어리를 비서처럼 사용하게 되는 날이 온다.

02

—

틈새 시간이
읽기를 지배한다

하루는 24시간이다. 분으로 환산하면 1440분이다. 누구에게나 공평하게 주어진다. 그런데 어떤 사람은 최저 시급을 받고 어떤 사람은 초와 분단위로 돈을 번다. 무엇을 기준으로 이런 차이가 나는 걸까? 앞에서 말한 것과 같이 자원을 활용하는 태도에 따라 달라진다.

여기서 말하는 자원이란 시간, 돈, 정보를 의미한다. 시간은 곧 돈이다. 우리가 받는 월급도 1달에 얼마나 일했는지 시간당 계산해서 돈으로 받는다. 즉, 시간을 돈으로 바꾸는 것이다. 하루를 얼마나 충실히 살아내느냐에 따라 인생이 결정된다. 그 하루를 허투루 보내지 않으려면 틈새 시간을 활용해야 한다. 틈새 시간을 지배하면 읽기도 지배할 수 있다.

책을 읽는데 하루에 얼마나 투자할 수 있는가? 한 권의 책을 읽는데 어느 정도의 시간이 필요한가? 1시간? 2시간이면 충분한가? 처음부터 그렇게 하기는 무리다. 처음에는 목표를 이룰지도 모르지만 나중에는 흐지부지하게 될 가능성이 크다. 하루 10분부터 시작하라. 예를 들어, 30분 동안 독서에 투자하기로 결심했다면 10분씩 3개로 쪼개라.

출근하면서 10분, 퇴근하면서 10분, 집에 도착해서 10분 이런 식으로 말이다. 그러면 총 투자한 시간은 30분이 된다. 통으로 30분을 투자하는 것이 아니기 때문에 부담감이 덜하다. 또 틈새 시간이기 때문에 그 외의 시간에 다른 일을 할 수도 있다. 처음에는 이 30분이 작은 것 같다. 그러나 하루 30분씩 일주일을 모으면 210분이다. 210분이면 3시간 40분이다.

결코 적은 시간이 아니다. 1달이면 12시간 이상이다. 12시간 이상 책을 읽는다면 개인에 따라 다르지만 최소 3권에서 6권 이상 읽을 수 있다. 사소한 30분을 투자해서 얻는 결과가 이 정도다.

책을 읽고 적용해보니 깨달은 점이 있다면 사소하다고 생각하는 부분이 결국 인생의 큰 차이를 만든다는 거였다. 그 것이 디테일의 힘이다. 책을 읽는 것도 인생도 그렇다. 운동 선수들은 영점 몇 초 차이로 메달이 갈린다. 학생들은 몇 점 차이로 1,2등이 바뀐다.

보통 사람들은 0.1~2를 대수롭지 않게 생각한다. 0.1 퍼 센트의 이율 때문에 먼 거리의 은행이나 저축은행을 이용하 지 않는다. 그러나 부자들은 0.1 퍼센트의 이율을 더 받기 위 해 거리가 멀거나 저축은행을 이용한다. 0.1 퍼센트는 작지 만 그것이 몇 천 만원, 몇 억이면 큰 차이가 난다는 것을 알 고 있기 때문이다.

어떤 청년이 있다. 부모님이 장애를 갖고 있다. 대학 교육 을 받지 못했다. 그 청년은 족발 가게에서 서빙 아르바이트 를 시작한다. 이 청년의 미래에 대해 어떻게 생각하는가? 서 빙 하면 흔한 일이라는 생각부터 든다. 남들도 다 하는 일이 라는 생각부터 들지 않았는가?

그런데 이 청년은 서빙하나로 1000만원 휘트니스 이용권 과 아파트를 받는다. 족발 가게에서 서빙한다는 이야기를 듣 기 전에는 도대체 어떤 회사에서 일하길래 아파트를 받나 싶 었다. 이 청년은 누가 시킨 것도 아닌데 아르바이트 매뉴얼을 만드는가 하면 설거지 이모, 일일 아르바이트까지 챙긴다. 서빙도 하나의 협력이라는 생각아래 누군가 아프다거나 예민한지 체크한다.

그 결과 주방에서 홀까지 하나의 팀워크를 이룬다. 손님에게 말을 걸때도 멘트를 적용해서 피드백이 좋은 것은 남기는가 하면 그렇지 않으면 수정했다. 더 인상 깊었던 점은 가게에서 집까지는 3시간 거리 남짓이다. 그 시간을 포함해서 하루 8시간은 자기계발에 투자했다는 점이다. 이 청년의 이름은 이효찬이다. 스타서빙으로 알려져 있다. 지금은 독립해서 자기 가게를 갖고 있다.

그가 다른 아르바이트와 다른 점은 무엇일까? 바로 사소함. 남들이 그냥 지나쳤던 사소함을 중요하다고 보는 관점이었다. 이것을 다른 말로 바꾸면 디테일이다. 먹는 사람, 일하는 사람 모두를 배려한 디테일이 그의 성공비결이다. 그 또한 집에서 직장까지 걸리는 3시간의 틈새시간을 자기계발에 활용했다.

보통 아르바이트를 하고 그 정도 거리를 왔다 갔다 한다면 피곤하다. 그 핑계로 잠을 자거나 쉴 수도 있다. 그러나 그는 그렇게 하지 않았다. 그 사소함이 차이를 만든다는 것을 알고 있었기 때문이다. 매장에서 누구보다도 재밌게 능동적으로 일할 수 있었던 것은 8시간의 자기계발 덕분이었다.

사람들은 자유로운 시간과 돈을 원한다. 그러기 위해서는 누군가의 지시를 받는 사람이기 보다는 능동적으로 결정할 수 있는 사람이 되어야 한다. 〈생각의 비밀〉 김승호 저자는 '자기결정권'이라는 말을 했다. 원하는 것을 이루기 위해서는 이 자기결정권을 늘려야 한다고 말한다. 시간을 경영하는 것은 자기결정권을 늘릴 수 있는 기회다. 그 시간을 경영하기 위해서는 틈새 시간부터 활용할 줄 알아야 한다.

어떤 사람이 무엇에 가치를 두고 있는지 알기 위해서는 틈새 시간에 무엇을 하는지를 보면 알 수 있다. 틈새 시간에 책을 읽는다는 것은 독서에 가치를 둔다는 뜻이다. 그 시간들이 축적되면 틈새 시간은 곧 읽기를 지배한다.

하지 않아도 될 일을
걸러내라

똑같은 24시간을 살지만 어떤 사람은 생산성을 올리고, 어떤 사람은 그렇지 못한다. 시간을 잘 활용하는 사람의 시간은 다르다. 그들은 24시간이 아닌 48시간을 사는 것처럼 살아간다. 그렇다면 시간을 잘 활용하고 생산성을 올리기 위해서는 어떻게 해야 할까?

대부분의 사람들은 오래 일하고 많은 일을 하면 생산성이 올라간다고 생각한다. 하지만 실제는 그 반대다. 해야할 가짓수를 줄일 때 생산성은 올라간다. 여기서 해야할 가짓수를 줄인다는 것은 하지 않아도 될 일을 하지 않는 것을 의미한다. 시간은 제한되어 있다. 그에 비해 많은 일을 하려고 하기 때문에 시간은 항상 부족하다.

또 중구난방식의 일처리는 업무에 집중할 수 있는 집중력을 분산시킨다. 그러면 한 가지일을 할 때보다 효율성과 생산성도 떨어진다. 그렇다면 당신의 삶에서 하지 않아도 될 일이 무엇인지 걸러내는 것이 필요하다. 포인트는 그 일을 걸러내고 그 자리에 독서를 끼워 넣는 것이다.

90년대 후반부터 발달한 인터넷은 컴퓨터를 넘어 스마트폰까지 정착했다. 스마트폰으로 컴퓨터에서 할 수 있는 웬만한 일은 다 할 수 있다. 다른 나라 소식을 인터넷으로 확인 할 수도 있고 뉴스나 정치 소식도 들을 수 있다. 누구나 손쉽게 정보를 접근할 수 있게 된 것이다.

이것은 분명히 장점이지만 여기에 양면성이 있다. 정보가 너무 많이 유입되다 보니 원하지 않는 정보까지 나에게 전달되는 것이다. 이것이 정보가 주는 편리함이자 불편함이다. 대표적으로 스팸 메일, 스팸 전화가 그렇다. 이런 전화를 다 받는다면 업무와 일상에 지장을 줄 것이다.

〈그들이 어떻게 해내는지 나는 안다〉의 저자 크리스 베일리는 컴퓨터, 스마트폰의 사용시간을 정하는 실험을 했다. 저자에 의하면 우리는 메일을 하루에 몇 번씩 더 확인하며, 스마트폰도 몇 십번씩 확인한다. 실험 결과, 실제 메일과 연락을 확인하는 시간은 몇 분도 걸리지 않는다는 점을 확인했다. 그러나 주목해야 할 것은 빼앗긴 우리의 생산성이다.

메일과 연락을 확인하는 시간은 몇 분 걸리지 않지만 다시 일상으로, 해야 할 일로 돌아오는 시간은 배가 든다. 회복하는 시간이 더 오래 걸리고 업무에 대한 집중력 또한 떨어진다. 당신이 이왕 책을 읽기로 작정했다면 이 부분에 대해 생각해볼 필요가 있다. 하루에도 수십 건, 수백 건에 달하는 정보의 홍수 앞에 나의 소중한 시간을 빼앗기고 있는 건 아닌지 되돌아봐야 한다.

지인들과의 잦은 연락도 집중력을 분산시킨다. 그럴 때는 카톡보다 전화를 하는 게 낫다. 글보다는 말로 하는 게 더 빠르기 때문이다. 또, 정말 중요한 연락은 어떻게든 다시 오게 되어있다. 마치 뉴스와 신문을 보지 않더라도 핫이슈라면 누군가를 통해서라도 듣게 된다. 시간을 정해 연락을 단절하는 시간과 확인하는 시간을 정해라.

답하지 못한 메일과 연락은 한꺼번에 확인하는 것이 낫다. 처음에는 지인들이 서운해 한다거나 적응하지 못할 수도 있다. 그러나 그것은 시간이 지나면 해결된다. 당사자도 주변 사람도 적응하기 때문이다. 당신이 전화를 받지 않고서는 일을 못하는 사람이 아니라면 그다지 문제되지 않을거라고 생각한다.

이것은 집안일에도 적용된다. 하루에 3번 설거지를 하는 것보다 한꺼번에 시간을 정해 하루에 1번 설거지를 하는 게 더 효율적이다. 필자는 시간의 생산성을 올리기 위해 실제로 이 방법을 이용한다. 그랬더니 시간을 더 효율적으로 사용할 수 있었다.

아마존 베스트셀러 〈원씽〉에서 게리 켈러는 멀티태스킹의 함정에 대해 이야기한다. 사람들은 멀티태스킹이 성과를 높이고 시간을 단축하는 방법이라고 생각한다. 그러나 사람의 두뇌는 한 번에 두 가지 일 이상 하지 않도록 되어 있다. 한 번에 한 가지 일만 할 수 있도록 되어있다. 당신이 한 번에 두 가지 일을 한다면 그 두 가지 일 사이에서 왔다 갔다 하는 것과 같다. 일의 몰입도와 정확성은 시간이 갈수록 떨어진다. 그것은 실수로 이어진다. 그 실수가 막대한 손실을 입힌다면 멀티태스킹에 대한 당신의 생각이 바뀔 수도 있다.

하지 않아도 될 일을 걸러냈다면 이제부터는 그 일을 하지 않으면 된다. 그러면 그 동안 나도 모르게 빼앗긴 시간이 꽤 많다는 것을 알게 될 것이다. 하지 않아도 될 일을 걸러내고 그 빈자리에 독서를 끼워놓는다면 충분히 독서 시간을 확보할 수 있다.

04

-

reading week로
떠나라

한 주는 월요일부터 금요일까지의 평일과 토요일에서 일요일까지의 주말로 이루어진다. 보통 사람들은 9시에서 6시까지 일하고 주말을 기다린다. 그토록 기다린 주말이 친구들과의 술 한 잔, 경조사라도 있는 주면 후다닥 지나간다. 휴일을 빼앗긴 느낌이다. reading week는 빼앗긴 주말의 생산성을 회복하기 위한 마음에서 시작되었다. 한국말로 하면 책 읽는 주말이다.

주말 4시간에서 8시간을 투자해서 책 한 권에서 두 권을 읽자는 취지다. 4시간이면 책 한 권은 충분히 읽을 수 있다. 그 외의 시간은 친구를 만나거나 경조사를 챙기면 된다. 주말 이틀을 합치면 48시간이다. 그 중에서 4시간 혹은 8시간 투자로 독서를 습관화시킬 수 있다면 괜찮지 않은가? 절대 손해 보는 일이 아니다.

reading week는 사실 앞에서 말한 빌게이츠의 think week에서 영감을 받았다. 대기업 회장만 그러라는 법은 없다. 일반인에게도 책을 읽을 시간, 생각할 시간은 필요하다. 우리 모두는 일상에서 벗어나 재충전할 시간이 필요하다. 필자는 그 시간을 reading week에서 찾았다. 간호사로 일하던 시절, 필자는 만족하지 못했다. 업무와 환경, 그리고 나 자신에게 만족하지 못했다.

내가 생각했던 삶과는 너무나 달랐다. 이상과 현실의 간극에서 끊임없이 고민했다. 일이 손에 익으면 그렇지 않을 줄 알았는데 그건 차원이 다른 문제였다. 연차가 올라가면 더 편할 줄 알았다. 그러나 막상 중간 연차가 되어보니 그렇지 않았다. 내 일을 처리하면서 후배들도 챙겨야 했다.

어디를 가도 진상고객이 있듯 병원에도 그런 사람들이 있다. 그런 사람들을 상대하면 힘이 쫙 빠진다. 생기를 잃고 시들해졌다. 그 때 그 답을 책에서 찾았다. 책을 읽으면 잃어버린 생명력이 되살아났다. 영혼이 회복되는 느낌이었다. 일하면서 소진되면 책을 읽고, 다시 소진되면 책을 읽는 식이었다. 근무가 유동적이라 마음만 먹으면 평일 휴무에도 reading week를 가질 수 있었다. 휴무는 독서할 수 있기에 가장 기다려지는 날이 되었다. 그렇게 이직률이 제일 높은 신규 1년을 버텼다. 그 이후의 시간도 살게 했음은 물론이다.

reading week는 책을 읽거나, 원하는 미래를 상상하고 꿈꾸는 시간이 되었다. 〈생각의 비밀〉 김승호 저자는 100일 동안 100번 상상하고 쓰면 이루어진다고 말했다. 책에 나온 대로 매일 100번씩 쓰지는 않았지만 내가 바라고 원하는 것들을 다이어리에 썼다. 5년이 지난 지금 이룬 것이 꽤 눈에 띈다.

첫 번째가 내 이름으로 된 책을 쓰는 작가가 된 것이다.

두 번째는 50개국 세계 일주를 하는 거다. 이 부분은 아직 세계 일주라 말하기는 어렵지만 종이에 적고 난 후 6개국을 갔다 왔다. 지금까지 총 8개국을 여행했다.

마지막은 나를 사랑하고 존중해주는 멋진 배우자와 만나 결혼을 한 것이 그렇다. 내가 바라던 화목한 가정을 이룬 것이다. 내 인생의 가치들을 이루었고, 지금도 이루어 가는 중이다.

5년이 지난 지금도 정기적으로 reading week를 위해 따로 시간을 낸다. 꾸준히 하다보니 왜 빌게이츠나 성공한 사람들이 자신만의 시간을 갖는 건지 이제는 알 것 같다. 이 시간을 갖는 사람과 그렇지 않은 사람과의 10년 후, 20년 후는 어떨까? 생활수준은 물론이고 사고방식의 차이가 어마어마할 것이다. 전자는 가족, 일, 자신의 인생을 주도적으로 이끌어가는 반면, 후자는 가족, 일, 자신의 인생에서도 누군가 시키는 일을 하는 수동적인 삶을 살아간다.

실제로 모 대학에서는 목표가 있는 사람과 목표가 없는 사람을 대상으로 조사를 했다. 목표가 명확하고 종이에 적어 놓은 사람은 그렇지 않은 사람보다 직업군이 좋았으며 수입도 높았다. 그들은 전체 학생 수 중에 1%~10%에 불과했지만 수입은 나머지 90~99%의 수입을 합친 것보다 더 높았다.

여행 하면 남녀노소를 불구하고 좋아한다. 여행을 생각하면 기분이 좋아진다. 설레기까지 한다. 그렇다면 그 여행에 독서를 끼워보는 것은 어떨까? think week나 reading week는 거창한 것이 아니다. 내가 좋아하는 장소에 가서 책을 읽고 현재와 미래에 대한 생각을 하고, 나 자신만을 위한 온전한 시간을 가지면 된다. 1주일에 1번에서 2번 reading week로 떠나라. 투자한 4시간, 8시간은 곱절 이상의 생산성을 가져다준다. 직장생활을 버티게 하는 원동력이 되기도 한다.

필자는 가끔 이벤트성으로 여행을 동반한 reading week를 계획한다. 여행에 갈 때 책 2권을 챙겨 목적지로 가는 기차 안에서 책을 읽는다. 돌아올 때도 똑같이 한다. 그러면 이동하는 기차 안에서 책 1권에서 2권 내지는 읽을 수 있다.

차를 이용한다면 차에 책을 싣고 목적지로 가면된다. 낮에는 경치를 구경하고 밤에는 책을 읽으면 된다. 이 생각만 하면 가슴이 뛴다. 설렌다. 시간과 여건이 허락한다면 차에 책을 만 권쯤 싣고 국내와 해외를 여행하며 몇 년 동안 책을 읽고 싶다.

말도 안 되는 이야기라고? 그럴지도 모른다. 그러나 인류가 우주에 가는 것도 예전에는 말도 안 되는 일이었다. 지금 이 세상에는 말도 안 되는 일이 참 많이 일어나고 있다. 인공지능 로봇이 사람을 이기기도 하는 세상이다.

처음부터 말이 되는 일은 없었다. 인류가 우주에 가는 것도 어떤 사람의 상상에서 시작되었다. reading week로 떠나라. 책과 친해질 수 있는 기회이자 나의 현재와 미래, 꿈을 발견하는 기회가 될 것이다.

에피소드 6

1095일 43200분,
출퇴근 독서

2년차 때부터 기숙사에 나와서 살기 시작했다. 집에서 출퇴근을 하니 평균 2시간 정도 걸렸다. 시외버스를 타기도 하고, 지하철을 타기도 했다. 문제는 그 시간들이 그냥 길에 버려지고 있었다는 점이다. 그래서 그 시간동안 할 게 없을까 고민해보았다.

웹툰을 보기도 했지만 하도 많이 봐서 더 이상 볼 웹툰이 없을 정도가 됐다. 그래서 책을 읽기로 했다. 버스에서는 차가 흔들리다보니 멀미가 나기도 했다. 그럴 때면 차가 멈춰 있을 때만 읽었다. 멀미가 심하면 책을 덮기도 했다.

그에 비해 지하철은 생각보다 집중이 잘 됐다. 적당한 소음이 딱 좋았다. 버스에 비해 흔들림의 정도도 약했기 때문에 멀미를 하지도 않았다. 그렇게 오며가며 읽다보니 책 한 권을 읽게 됐다. 책이 얇거나 몰입할 때는 2권 이상을 읽기도 했다. 그러자 뿌듯했다. 출근 전 읽는 책 한 권은 그 날을 살아갈 마음의 힘이 됐다.

이 43200분이라는 수치는 출근시간 120분 중에 90분을 주5일 근무라 치고 2년간의 시간을 계산한 값이다. 신규 간호사 시절, 1년의 시간은 더하지 않았다. (그 때는 기숙사 생활을 했으므로) 이 습관은 출퇴근 시간뿐만 아니라 생활 전 영역으로 확대되었다. 약속이 있으면 기다리는 시간에 책을 읽었다. 카페에서 음료를 시키고 기다리면서도 책을 읽었다.

서울이나 멀리 이동할 일이 있을 때도 항상 책을 가져갔다. 아무것도 하지 않고 지나가는 시간이 아까웠다. 교대근무를 하면서 내가 누리는 시간이 얼마나 소중한지 알게 되었기 때문이다. 8시간 3교대 근무였지만 그 이상 일할 때가 더 많았다. 응급상황이나 갑자기 환자가 많이 입원하면 그런 일이 발생했다. 우리는 그 시간을 오버타임이라고 불렀다.

거기에 출퇴근 2시간을 빼면 하루 24시간 중 벌써 10시간 이상이 사라졌다. 잠자는 시간을 제하면 책을 읽을 시간이 얼마 남지 않는다는 것을 깨달았다. 그래서 더 필사적일 수

밖에 없었다. 하루에 1권 이상을 읽지 않으면 이상했다. 읽지 못하는 날은 나태해진 것은 아닌가 하고 나 자신을 채찍질했다. 물론 억지로 했던 것은 아니다. 책을 읽는 게 좋았고, 그 게 정말 행복했기 때문에 할 수 있었다.

어느 날 퇴근하고 기숙사에 들어간 적이 있다. 먼저 퇴근해 잠들어 있는 룸메이트를 봤다. 예쁘게 잠들어있는 모습이 아닌 삶의 전쟁을 치르고 잠을 자는 모습이었다. 같은 삶을 사는 사람으로서 짠했다. 동질감을 느꼈다. 그 때 갑자기 이런 생각이 들었다.

하나. 업무에 할당되는 시간이 줄어들지는 않는다.
둘. 피곤하고 힘드니까 잠을 자거나 논다.
셋. 피곤하고 힘들지만 나의 시간을 확보한다.

이 현실이 답답하고 짜증나지만 받아들이는 편을 택했다. 그래서 세 번째를 선택하기로 했다. 잠은 어느 정도는 자야했기 때문에 깨어있을 때 최선을 다하기로 했다. 깨어있을 때 빠져나가는 시간을 잡는 것. 그것이 자투리 시간을 활용하는 방법이었다. 그리고 그 빠져나간 시간을 독서에 쏟아 붓기 시작했다. 거기서부터 1000권 독서를 향한 도전이 시작되었다.

독서를
부르는 사람
vs
독서를
밀어내는 사람

01

—

내가 만나는 사람이
나를 결정한다

나라는 사람은 선천적으로 부모님으로부터 온다. 우리는 거의 20년 이상 부모님과 함께 산다. 같은 음식을 먹고 많은 시간을 공유한다. 그러다보니 부모님의 영향을 안 받으려야 안 받을 수가 없다. 어렸을 때는 부모님의 영향과 분위기에서 살았다면 성인 이후로는 어떤 친구, 어떤 사람들과 함께 하느냐에 따라 달라진다. 후천적인 요소가 되는 것이다. 맹자의 어머니는 이것을 알았다. 그래서 자식의 교육을 위해 세 번이나 이사했다.

첫 번째는 공동묘지 근처였다. 맹자는 사람들이 곡을 하는 것을 따라했다. 맹자의 어머니는 그런 아들의 모습을 보고 이사했다. 두 번째는 시장 근처였다. 맹자가 상인들을 따라 했다. 맹자의 어머니는 또 이사했다. 세 번째는 서당 근처였다. 맹자가 예법을 따라 했다. 그리고나서야 맹자의 어머니는 만족했다. 맹자는 어머니의 바람대로 중국의 학자가 되었다. 맹자의 예를 통해 알 수 있는 것은 내가 만나는 사람과 환경이 나라는 사람을 만든다는 것이다.

지금 자신의 모습에 만족하지 못한다면, 부모님이나 선천적 환경에 만족하지 못한다면, 당신은 책을 읽어야 한다. 책을 읽고 변화해야 한다. 변화를 꿈꾸는 사람과 함께 해야 한다. 새로운 사람, 새로운 환경에 자신을 놓아야 한다. 살아가기 위해서는 정리와 정돈이 필요하다. 새 것을 배치하기 위해서는 예전 것을 버리거나 치워야 하는 것처럼 말이다.

우리가 먹고 마시는 행위도 그렇다. 먹고 나서 배설하지 못한다면 우리의 몸에는 해로운 것이 축적된다. 실제로 사람이 소변과 대변을 못 보면 죽음에 이르기도 한다. 죽음을 앞둔 환자들은 소변양이 극히 작다. 신장이 제 기능을 못하기 때문이다. 사람이 나이를 먹어가듯이 장기도 나이를 먹는다. 노화가 된다. 30대쯤 되니 관계에도 그런 생리가 적용된다는 것을 깨닫는다.

우리는 소꿉친구와 어울리고 함께 성장한다. 같은 동네에 살거나 엄마들끼리 친하면 친구가 된다. 오랜 친구는 귀하다. 그러나 몇 십 년 지기도 돈이나 환경 앞에서 무너지는 게 사람이다. 왜냐하면 사람은 변하기 때문이다. 영원한 우정은 없다. 그렇게 되지 않기 위해 우리가 지켜나가는 것일 뿐이다.

세상에는 배울 점 많은 친구가 참 많다. 여기서 말하는 친구란 나이를 초월하는 관계를 의미한다. 나보다 어린 친구라도 배울 점이 있으면 친구가 될 수 있다. 반대로 나보다 나이가 많더라도 배울 점이 많으면 친구가 될 수 있다.

카카오톡의 연락처를 보면 1년에 1번도 연락하지 않은 친구들도 등록되어 있다. 앞으로 연락할 일이 없을 것 같은 친구는 과감하게 정리하라. 부정적인 에너지를 뿜는 친구도 정리대상이다. 정말 연락하고 싶은 사람만 남기고 정리하기를 권한다.

대학까지만 해도 친구들과 어울려 놀러 다닌다. 이런 재밌고 신나는 우정이 변하지 않을 거라고 생각한다. 그러나 취업을 하면 상황이 달라진다. 나는 취업을 했는데 친구가 취업을 못하면 만나기 더 어려워진다. 사람이라는 게 자신이 가진 게 있고 떳떳해야 친구도 만나기 때문이다.

〈당신은 겉보기에 노력하고 있을 뿐〉의 저자 리샹룽은 대학에 입학하고 기숙사에 살았다. 기숙사는 혼자 쓰는 방이 아니다. 룸메이트와 함께 쓴다. 룸메이트들은 어울리고 놀러 다니기 바빴다. 그러나 저자는 그 시간에 공부를 했다. 자신의 미래를 그렸기 때문이었다. 그 끝은 어떻게 됐을까?

룸메이트들은 성적이 나오지 않아 학과공부에 고전을 면치 못했다. 리샹룽은 그 때 했던 공부 덕분에 군복을 벗고 영어 강사가 되었다. 그리고 자신이 하고 싶은 영화 일을 시작했다. 베이징에서 자신처럼 열정이 가득하고 도전을 하는 친구들을 사귀게 된 것은 물론이다.

친구들과 어울리는 것도 한 때다. 조금 더 냉정히 말하자면 내가 그들과 어울릴만한 조건을 갖추고 있음을 전제하에 이루어진다. 예전에는 내가 중요하게 생각했던 기준, 관계가 한 순간에 변할 수 있다. 물론 모든 관계를 대충하라는 말은 아니다. 내게 찾아온 인연은 소중히 대해야 된다. 정성을 다해야 된다. 그러나 아무리 사랑했던 사람도 헤어지면 끝이다. 옛 사랑을 그리워하기보다는 현재에 충실하자는 의미다.

독서에 집중하기 위해서는 주변을 정리하는 게 필요하다. 책꽂이를 사고 주변을 정리한 것처럼 관계도 정리가 필요하다. 이 사람이 나와 끝까지 갈 사람인지 아닌지 곰곰이 생각할 시간이 필요하다. 나와 잘 맞지 않은 사람과 억지로 보폭을 맞추며 걸을 필요는 없다. 세상에 사람은 많고 친구도 많다.

나와 맞는 사람도 어딘가에는 있다. 문어발식으로 여러 사람과의 관계를 위태롭게 유지하기보다는 나와 마음이 맞는 몇 명의 사람들과의 관계에 집중하는 편이 낫다. 마음이 맞는 친구들과의 끈끈한 관계는 질적으로 풍성함을 주지만 그렇지 않은 친구들과의 관계는 질적으로 소모가 될 뿐이다.

문어발식의 관계를 포기하면 독서에 투자할 시간이 더 늘어난다. 그 시간에 독서를 하면서 내게 다가올 인연을 기다리는 것도 나쁘지 않다. 무의미한 친구와의 연락도 시간을 소비하는 행동이다. 처음에는 허전하다고 느낄지도 모른다. 하지만 시간이 지나고 나서 다른 사람으로 채워지는 것을 발견할 수 있을 것이다. 평생 남길 관계만 빼고 최소화하라.

그 시간에 당신을 성장시킬 수 있는 어떤 일에 집중하라.

그것이 독서든, 공부든, 외국어든지 상관없다. 세상에 거저 얻어지는 것은 없다. 버려야 새 것으로 채워진다.

그렇게 당신의 주변을 꿈을 함께 이룰 아름다운 사람들로 채워라. 당신의 꿈을 위협하고 방해하는 사람이 가까이 오는 것을 절대 허용하지 말라. 내 주변에 어떤 사람들이 있느냐에 따라 나를 둘러싼 환경도 상황도 바뀐다.

02
-

독서 모임의 힘

필자의 주위에는 온통 병원관계자 뿐이었다. 간호사, 임상병리사, 병원 설비 기사, 약국 등 주위에 나와 다른 분야의 사람은 없었다. 병원이라는 장소에서 관계가 시작되고 끝이 났다. 그래서 1mm도 달라지지 않는 삶을 살았다.

만나는 사람이 똑같은 사람뿐인데 어떻게 다른 삶을 꿈꾸고 기대할 수 있을까? 그런 점에서 독서 모임에 거는 기대가 컸다. 도대체 어떤 사람들일까? 책은 1년에 몇 권이나 읽을까? 라고 가는 내내 생각했다.

들어가는 입구를 착각해서 엉뚱한 곳으로 갔던 것도 기억한다. 다행히 관계자를 만나 무사히 도착할 수 있었다. 소규모였지만 그래도 꽤 많은 사람이 모였다. 병원사람들만 만나다 이곳에 오니 신세계였다. 책에 대한 열정이 있는 사람들이 이렇게 많다는 것에 놀랐다. 같은 책을 읽고도 다른 생각을 한다는 것도 신기했다. 혼자서만 책을 읽으면 좁은 생각에 갇힐 수 있는데 다양한 생각들을 공유할 수 있어서 도움이 됐다.

책이라는 공동의 목표가 있다는 것이 얼마나 힘이 되었는지 모른다. 필자가 있던 환경에서는 책을 읽는 사람이 거의 없었기 때문이다. 그러나 보이지 않은 곳에서 이렇게 뜨거운 열정으로 책을 읽는 사람들이 있었다. 그냥 권수를 채우는 독서가 아닌 필사를 하는 사람들도 있었다.

당시 필자의 독서관은 스피드였다. 빨리 읽고 한 번 더 보자였는데 실제로 그렇게 본 책은 많지 않았던 것 같다. 왜 책을 읽는가에 대한 이유를 그 당시에는 알지 못했다.

독서란 무엇인가? 문자를, 글자를 읽는 과정일 뿐일까? 문자 안에 있는 작가의 생각, 의도를 읽는 과정이면서도 끊임없이 소통하는 것이라고 생각한다. 그래서 작가만 존재해서도 안 되고 독자만 존재해서도 안 된다. 작가와 독자가 둘 다 존재하면서 책이라는 도구를 통해 대화를 하는 것. 이것이 독서의 참된 의미가 아닐까?

독서 모임에 참석하게 되면 자신의 생각을 정리해서 말해야하기 때문에 두 가지가 훈련이 된다. 첫 번째는 자신의 생각을 글로 적게 된다. 즉, 글쓰기가 훈련이 된다. 서평과 글쓰기는 조금 다르다 할 수 있겠지만, 일기를 매일 쓰는 것도 나중에 글을 쓰는 훈련이 된다. 유시민 작가는 학생운동을 할 때 진술서를 쓰면서 글재주가 있다는 것을 알게 됐다고 한다. 후에 책을 쓰는데 도움이 됐다고 고백한다.

두 번째는 말하기가 훈련이 된다. 다른 사람에게 말하기 위해서는 나부터 정리가 되어야말할 수 있다. 머리로 생각하는 것과 다른 사람 앞에서 말하는 것은 다르다. 긴장하면 우리는 생각과 다른 말이 튀어나오기도 한다. 학교를 졸업하고 나서 언제 이런 말하기를 훈련할 수 있을까? 그런 점에서 독서 모임은 장점이 많다. 또 좋은 점은 이런 사람들을 통해 알게 되는 관계나 강연회다.

지금처럼 세바시가 유명해지기 이전 필자는 세바시가 뭔지도 몰랐다. 세바시는 세상을 바꾸는 시간 15분을 줄임말이다. 후에 ted와 같은 강연 프로그램이라는 것을 알게 되었다. 좋은 강연회가 있으면 서로 추천해주기도 했다. 실제 강연회도 같이 가는 등, 관심사가 비슷하니 함께 할 수 있는 일도 많았다. 서로 데려온 사람들을 소개시켜 주기도 했다.

이런 모임을 통해 알게 된 사람들은 평소 내 테두리 밖의 사람들이다. 주변 사람들과는 다른 생각, 다른 삶을 산다. 이런 사람들과 만나게 되면서 내 행동반경과 생각의 폭도 넓어진다. 필자는 이것이 독서 모임이 주는 최고의 장점이라고 생각한다.

내가 생각할 수 없는 생각을 하고, 내가 만날 수 없는 사람을 만나고, 내가 할 수 없을 거라고 생각했던 일을 하는 것. 이 세 가지를 책과 독서 모임에서 배웠다. 독서 모임은 꾸준히 책을 읽을 수 있는 여러 장치와 장점을 가지고 있다. 그것을 자신에 맞게 개인화시키면 즐기면서 책을 읽을 수 있다.

03

저자 강연에
가야하는 이유

저자 강연회는 책의 꽃이다. 꽃이 피려면 햇빛과 영양분이 충분한 토양, 물이 필요하다. 작가가 책이라는 꽃을 만들어 냈다면 그 꽃이 시들지 않도록 가꾸는 것이 독자의 몫이다. 말라죽지 않도록 물도 줘야하고 광합성을 하도록 햇빛도 쐬게 해야 한다. 책 한 권을 읽었다고 해서 그 책을 100% 전부 다 이해하는 것은 아니다.

그럴 때는 대략적으로 추측하고 넘어가거나 그 책을 읽은 주위 사람들에게 자문을 구하기도 한다. 가장 좋은 방법은 그 책을 쓴 작가에게 질문하는 것이 가장 좋다. 원저자이기 때문에 있는 그대로 작가의 의도를 살린다. 그렇기 때문에 가장 순수한 답을 알 수 있다.

책을 정말 좋아했지만 강연회에 갈 거라고는 생각하지 않았다. 생각만 해도 쑥스럽고 뭔가 용기를 내야하는 일이었기 때문이다. 실제 작가를 만난다는 기대감이 반, 그냥 가지말까 고민하는 것이 반이었다. 그 당시 이지성 작가의 책을 많이 읽었다. 마침 이지성 작가의 강연회 소식을 들었다. 가지 않을 이유가 없었다. 아직 추위가 가시기 전 3년 전의 3월 14일을 기억한다. 평소라면 가지 않았을 법도 한데 이 날은 왠지 모르게 용기가 났다.

1시간 일찍 도착했는데 길을 헤매다보니 딱 강의 시간에 맞게 도착했다. 젊은 사람부터 우리 부모님 나이쯤 되어 보이는 사람도 있었다. 함께하는 사람들의 눈빛을 바라보는 것만으로도 강의 전 열기는 뜨거웠다. 강의의 주제는 인문학과 자기계발 이었다. 작가 토크쇼이다 보니 QnA 형식으로 진행되었다.

직접 작가에게 질문할 수 있는 기회를 얻기도 했다. 그 때 했던 질문을 3년이 지난 지금도 기억한다. 지금 생각해보면 질문의 의미가 무엇인지도 모르는 상태에서 질문했던 것 같다. 작가는 친절하게 답변해주었고 아직까지도 다이어리에 잘 보관되어 있다.

책을 읽다보면 작가의 생각에 물음표가 찍힐 때가 있다. 이 부분은 왜 이렇게 표현했을까? 하는 의문 말이다. 책을 쓸 때 작가는 독자의 눈높이에 맞춰 글을 쓴다. 그러나 그 눈높이란 평균 독자를 위한 눈높이다. 그 당시 필자는 그 평균 눈높이에 미치지 못했다. 그래서 작가의 말을 이해할 수 없었고 독서량이 축적되고 나서야 이해할 수 있었다. 만약 그 때 저자 강연회에 가지 않았더라면 이 세미한 차이를 알 수 없었을 거라고 생각한다.

모르는 채로 넘어갈 수 있었다. 질문을 하는 것도 용기가 필요하다. 내가 그것을 이해하지 못한다는 것을 인정해야 질문도 할 수 있다. 모르는데 아는 척하면 공부도 늘지 않는다. 그래서 수험생에게는 오답노트가 중요하다. 나의 약점, 모르는 것만 모아놓았기 때문이다.

저자 강연회에 참석하는 것만으로도 책과는 또 다른 재해석이 일어난다. 책의 내용을 기초로 강의는 이루어진다. 그러나 강의라는 매체를 통해서 더 열정적으로 느껴지기도 한다. 만약 감동받았던 책의 강연회가 없다면, 저자 메일이나 SNS가 활성화 되어 있으니 그런 매체를 통해 질문을 하는 것도 좋다.

단 예의를 갖추되, 저자가 답변하고 싶을 만큼의 정성은
필요하다. 작가를 만나는 것을 두려워하지 마라. 작가도 독
자와 같은 사람이다. 한 때는 독자였던 작가도 많다. 강연회
에 아무 질문도 없는 것 보다는 질문해 주는 독자가 더 고마
운 법이다. 모르는 것을 알고자 하는 용기를 내어 질문한다
면 기꺼이 당신의 질문에 답해줄 것이다.

04
-

혼자 있는 시간은
성장하기 가장 좋은 때다

〈나 혼자 산다〉는 tv 프로그램이 있다. 싱글 연예인들이 나와 혼자서 살아가는 일상을 담은 프로그램이다. 이들의 일거수일투족이 방송된다. 어떤 사람은 운동을 하고, 어떤 사람은 아침 일찍부터 외국어 학원에 다니기도 한다. 혼자서도 밥을 먹고 청소도 하고 잘 산다.

이 프로그램을 보면서 이제 혼자만의 시간을 보내는 사람들이 더 많아지겠다는 생각을 했다. 어쩌면 싱글을 겨냥한 마케팅이 될 수도 있겠다는 생각도 들었다. 실제로 현실화된 부분들도 많다. 혼밥 혼술족을 겨냥한 가게나 도시락 등이 그렇다.

20대 초반까지만 해도 필자는 혼자 있는 시간을 견디지 못했다. 되도록 사람들 주위에 머무르려고 했다. 시간을 내서 친구를 만나고 다녔다. 누군가를 만나도 집에 오는 길은 늘

공허함을 느끼고는 했다. 하지만 누군가를 만나지 않으면 이 외로움을 희석시키지 못할 것 같았다.

남들처럼 대학에 갔고, 취업을 했다. 그 때 처음으로 부모님과 떨어져 살게 되었다. 병원에서 일했던 시간은 존재 밑바닥의 고독을 느끼게 했다. 강도 높은 업무, 관계 안에서의 부딪침, 교대 근무였기 때문에 스트레스는 극에 달했다.

일이 끝나면 물 묻은 솜처럼 몸이 무거웠다. 퇴근 후 동료들과 어울려도 뭔가 공허했다. 내일도 새벽같이 출근해서 똑같은 일을 해야 한다는 생각 때문이었다.

그래서 어쩌다보니 기숙사에 잘 들어가지 않게 됐다. 기숙사란 씻고 잠만 자는 공간 그 이상도 그 이하도 아니었다. 그래서 퇴근을 하면 병원 근처 카페에 가거나 서점에 갔다. 책을 읽거나 미래계획을 세웠다. 그러면 내일 또 출근할 힘을 얻고는 했다. 언제부턴가 혼자 있는 시간을 즐기게 됐다. 현실은 막내의 설움을 느꼈을지언정 꿈꾸는 미래는 늘 희망으로 가득했다.

혼자 있는 시간은 그런 내 존재를 확인할 수 있었던 시간이었다. 그 시간이 없었다면 힘든 병원생활을 견디지 못했을 것이다. 한 번 뿐인 인생이라면 원하는 일을 하자는 생각이 더 굳어졌다. 그 때는 완벽히 내 꿈을 믿지 못했다. 그러나 그 때 적었던 꿈들이 많이 이루어졌다. 필자는 그렇게 작가의 꿈을 이루었다.

친구를 만나려고 해도 친구들의 시간과 필자의 시간은 달랐다. 보통 9시 출근 6시 퇴근의 일정한 근무와 달리 필자의 근무는 들쭉날쭉 했다. 친구들이 쉴 때 나는 일했고, 내가 쉴 때 친구들은 일했기 때문이다. 주말 오프(휴무)를 받아야 만날 수 있었다. 나이트 원 오프(전날 아침까지 일하고 다음날 아침 출근하는 것)를 받으면 그건 쉬는 날도 아니었다. 전날 밤부터 아침까지 일하고 그 다음날 오전 근무를 받으면 잠만 자다 나가야 했다.

오프(휴무)를 받으면 친구들을 만나기도 했지만, 일상의 변화를 주려고 노력했다. 나무를 좋아하기 때문에 혼자 수목원에 가거나 전시회에 갔다. 또 조조영화를 보기도 하고 서점에 가서 책을 읽었다. 여건이 허락되면 혼자 1박 2일 식의 여행을 다니기도 했다. 뒤돌아보면 그 경험들이 부질없는 것만은 아니었다. 뭔가 새로 하는 것에 대한 두려움이 없어졌다고 할까. 혼자 있는 시간을 두려워하지 않게 됐다.

육아를 하고 있는 지금도 종종 혼자 있는 시간을 갖는다. 육아하는 주부에게 이보다 더한 선물은 없다. 남편과 친정식구들의 도움이 없다면 할 수 없는 일이다. 그 시간에 혼자서 책을 읽고 영화를 본다. 이 시간에 주중에 아내로서, 엄마로서 살아갈 힘을 얻는다.

인간 존재의 본래 모습은 고독이다. 고독이라 하면 우울함 등의 부정적 감정을 떠올리기 쉽다. 그러나 그것이 인간 본래의 모습이 아닐까 하는 생각이 든다. 인간을 가장 인간답게 살게 하는 모습 말이다.

필자의 인생에서 가장 어두웠을 때를 꼽으라면 병원에 입사한 1년차 시절이다. 힘들고 아파서 견딜 수 없다고 생각했던 그 때, 그래서 고독했던 그 시간이 지금 생각해보면 책을 마음껏 읽을 수 있는 시간이었다. 지금은 딸린 식구가 둘이라 마음껏 책을 읽기가 그 때보다는 어렵다. 가끔은 그 시절을 떠올리고는 한다. 고독했지만 내 존재의 밑바닥을 마주했던 그 때가 행복했었다고 말이다.

  고독의 시간은, 혼자 있는 시간은 필요하다. 처음에는 외롭다. 그러나 자꾸 마주하다보면 나를 되돌아볼 수 있는 시간이 된다. 성장할 수 있는 기초를 마련할 수 있는 시간이다. 이것이 고독이 주는 유익이 아닐까 싶다.

고수를 만나다

영화나 드라마에 보면 주인공은 고수에게 가서 배움을 청한다. 나보다 못하는 사람, 나와 동급인 사람에게 배우지 않는다. 인생에서도 마찬가지다. 나와 동급인 사람, 나보다 못하는 사람만 만나서는 성장하기 어렵다. 내가 도달하고 싶은 꿈을 이룬 사람을 만나야 한다.

즉, 고수를 만나야 한다. 우리는 무엇인가를 시작할 때 주변의 반응을 살핀다. 그 때 그 사람들이 누구냐가 중요하다. 그런데 그 분야에서 성공한 사람보다는 실패한 사람들의 이야기를 듣는다. 또는 그 분야와 전혀 관련이 없는 사람들의 이야기를 듣기도 한다. 그런 사람들이 당신에게 도움이 될만한 조언을 하기는 어렵다.

왜냐하면 그 사람들은 그 분야에서 성공한 적이 없기 때문이다. 시작하기도 전에 기가 꺾이는 부정적인 이야기를 할 가능성이 크다.

필자도 역시 그런 사람이었다. 매일 똑같은 사람들과 만났으며 성공은 기득권과 소수의 전유물이라고 생각했다. 그러나 독서량이 축적되자 다른 관점으로 바라보게 됐다. 특별한 소수의 사람들만 할 수 있는 게 아니라 나도 할 수 있다는 꿈이 생겼다. 그 꿈은 병원을 퇴직하고 내 사업을 하는 것이었다. 그 당시 구체적으로 어떤 사업을 해야겠다는 생각은 없었다.

직장인으로서의 한계를 느꼈고, 내 사업을 하는 게 시간적으로나 경제적으로나 낫다는 생각을 했다. 그래서 블로그를 시작했다. 블로그를 보다 이 사람이라면 만나고 싶다는 생각이 들었다. 삼성맨으로 입사해서 영어스터디 카페를 창업한 김진호 대표님이었다. 〈딜리버링 에너지〉의 저자이기도 하다. 책을 좋아하고 많이 읽는 것이 공통점이었는데 그것도 호감으로 다가왔다.

블로그로 연락을 했더니 바로 답이 왔다. 만나기로 약속을 했다. 인터뷰할 질문들을 10가지 정도로 추려 준비했다. 사진 촬영용 디지털기기도 준비했다. 그 분께 상담을 받고 나서 두 가지를 깨달았다. 내가 가진 꿈이 얼마나 현실성이 없었는가를, 그것을 이루기 위해 전혀 준비되어 있지 않다는 것을 말이다. 그 분과의 만남 그 자체로도 많은 것을 배우는 시간이었다. 지금까지 살면서 누군가를 만나기 위해 내 편에서 이렇게 적극적으로 해본 적이 없었다. 처음에는 거절당할까봐 두렵기도 했다. 그러나 그 부끄러움과 두려움을 넘어서면 고수를 만날 수 있다는 것을 알게 됐다.

그 변화의 물결은 삶의 흐름이 되어 다가왔다. 저자 강연회를 통해 만나고 싶은 사람들을 찾아가기 시작했다. 사인을 받기 위해 저자의 책을 샀다. 그러면 강연 전에 반드시 다 읽어두었다. 그게 저자에 대한 예의라고 생각했기 때문이다.

다른 사람 앞에서 나서기 싫어했던 내가 저자에게 적극적으로 질문하기도 했다. 그런 사람들과 이야기하고 같은 공간에 있다는 것 자체가 믿어지지 않았다. 또 하나의 즐거움이 됐다. 그 열정 때문에 잠도 잊었다. 야근을 하고 곧바로 아침에 강의에 갔다.

스터디에 참석하기 시작했다. 그 때 스터디를 진행하셨던 강사님이 꼭 만나고 싶은 대표님이었던 점도 한 몫 했다. 사업을 몇 차례 망하고 재기에 성공한 분이었다. 지금은 차이에듀케이션과 L&S 금융 컨설팅을 동시에 운영하고 있는 황희철 대표님이다. 최근 〈독서 8년〉 이라는 책을 출간했다.

그 분의 입에서 나오는 한 마디 한 마디에 온 신경을 집중했다. 말 한 마디 자체가 하나의 강의였다. 자신이 사업을 하다 어떻게 망했는지, 어떻게 재기했는지 말씀해주셨다. 그 분께 다이어리를 어떻게 활용하는 지 배웠다. 수강한 스터디는 다이어리 관리법이었지만 그 이상을 배웠다고 생각한다. 삶에 대한 자세, 삶을 바라보는 태도, 사람에 대한 예의를 배웠다.

대표님과 인터뷰를 하며 느낄 수 있었다. 그만한 규모로 회사를 키워왔음에도 겸손하고 또 겸손했다. 인터뷰를 요청하자 빡빡한 일정임에도 최대한 빨리 만나주셨다. 실행력이 매우 빨랐다. 책에서만 읽었던 성공한 사람들의 공통점을 발견할 수 있었다.

또 기억에 남는 한 분이 있다. 세상을 바꾸는 시간 15분,

꼴찌들의 통쾌한 승리의 진행자, 국내유일의 소통테이너 오종철 대표님이다. 대표님과 만나게 된 계기는 자연스러웠다. 친구와 세바시 강의를 들으러 갔는데 그 때 음료수를 준비했다. 대표님에게 드리기 위해서였다.

그 때 음료수를 건네면서 사인을 받고 나의 꿈이 적혀있는 명함을 드렸다. 대표님도 명함을 주셨고 며칠 뒤, 명함에 적혀있는 메일로 연락을 드렸다. 어떻게 성공했는지 비결을 알고 싶은데 꼭 한 번 만나달라는 내용이었다. 그러자 시간과 장소가 정해졌고 대표님의 회사에서 만날 수 있었다.

대표님은 화면에서 보던 것보다 더 잘 생겼고 표정이 좋았다. 보통 사람들은 안 된다고 생각하는 일을 시도하는 분이었다. 지금 생각해보면 사고가 굉장히 유연했던 분이었던 것 같다. 게다가 개그맨 출신의 유머러스함도 갖추고 있었다. 꿈과 현실을 심각하지 않게 유머러스함으로 연결했다.

그 당시 필자에게 과제를 주기도 했다. 지금 생각해보면 필자에게 어울리는 콘텐츠를 주셨던 것 같다. 그 때는 그 콘텐츠를 활용하지 못했다. 어쩌면 안 될지도 몰라 라고 생각했기 때문이다. 대조적으로 그 분은 된다는 방향으로 생각했다. 그것이 나와 그 분의 차이였다.

3년 전, 다르게 살기 위해 시도를 했다. 그 때 당시는 아무 일도 일어나는 것 같지 않았다. 내 역량이 준비되어 있지 않았기 때문이다. 달라지고 싶다는 마음 한편으로는 변화를 거부하는 마음이 있었다. 고가의 수업을 듣기도 했다. 동기들은 출간 계약으로 이어졌지만 필자는 그렇지 못했다. 그 때 남자친구였던 남편은 돈이 아깝다는 반응을 보였다. 당장 성과가 없는 것처럼 보였다. 그러나 그렇지 않았다. 3년 후 이렇게 책을 쓰는 작가가 됐다.

만약 병원에 다닐 때 병원 사람들만 만났더라면 어땠을까? 지금처럼 책을 출간하는 작가가 되지는 않았을 것이다. 지금처럼 성장하고 꿈꾸는 사람들을 만나지 못했을 것이다. 똑같은 상황, 똑같은 사람만 만나면서 지냈을 것이다.

현재 당신의 삶에 만족하지 못한다면, 이루고 싶은 꿈이 있다면, 먼저 꿈을 이룬 사람, 다른 세계에 있는 사람을 만나라. 어떻게든 그 사람이 나를 만나줄 수밖에 없는 상황을 만들어라. 물론 그렇게 만나기까지는 시간과 노력, 정성이 필요하다.

어쩌면 고가의 수강료를 내고 만나야 하는 사람도 있다. 그러나 그렇지 않은 경우도 많다. 저자 강연회만 해도 무료로 진행되는 경우가 많다. 비용을 내더라도 몇 만 원 정도다. 또 필자의 경험상 개인적인 인터뷰를 요청할 때도 돈을 받지 않았다. 같이 먹을 차 값이나 식사를 한다면 밥 값 정도다. 거기다 준비해 가는 선물비용 정도가 든다. 그렇게 따지면 몇 만 원 선이다.

한 번 생각해보자. 한 분야에서 성공한 사람, 그 사람에게 받는 1회 멘토링이 얼마일거라고 생각하는가? 몇 만 원 정도면 엄청 싼 편이다. 그 분들이 외부에서 강연을 하면 시간당 얼마를 받을 것 같은가? 적어도 몇 십 만 원에서 몇 백 만 원 단위다.

필요한 것은 배짱이다. 거절당해도 상처받지 않을 마음과 용기다. 그것만 있으면 만날 수 있다. 그리고 경험상 거절한 사람은 없었다. 남과 다른 삶을 살고 싶다면 남들이 하지 않는 다른 것을 해야 한다.

독서,
대여대취의 비밀

01
-

평균 이상만
읽으면 쉽다

예전에는 지금처럼 수도를 틀면 물이 나오지 않았다. 펌프질을 해야 물이 나왔다. 바로 이 펌프질을 할 때 붓는 물을 마중물이라고 한다. 마중물은 물을 끌어올리는 역할을 한다.

에너지가 발생하는 원리도 비슷하다. 에너지는 저절로 생기지 않는다. 에너지가 생길만한 동력(마중물)이 필요하다. 조력 발전은 조수간만의 차를 이용하고, 태양열 발전은 햇볕이 내리쬘 때의 태양열을 집광판에 모은다.

물은 100도에서 끓는다. 99도에서 끓지 않는다. 1도 차이지만 물이 끓기 위해서는 99도라는 마중물이 필요하다. 사람이 무엇인가를 시작할 때도 그렇다. 예를 들어, 운동을 안 하던 사람이 운동을 하기 까지는 시작할 수 있는 계기, 즉 마중물이 필요하다. 그 마중물은 몸무게라던가, 건강상태가 될 수 있다. 독서도 그렇다. 책을 읽는 것은 누구나 한다. 그러나 책을 덮는 것도 누구나 한다.

관건은 누가 얼마나 독서를 지속하느냐다. 얼마나 꾸준히 책을 읽어나가느냐다. 그래서 독서에도 꾸준히 지속할 수 있는 마중물이 필요하다. 한 번 만들기가 어렵지 두 번째, 세 번째부터는 쉽다. 여기서 마중물은 최소한의 평균, 임계점을 의미한다.

우리나라의 성인의 연평균 독서량은 앞에서 말한 것 같이 9권 남짓이다. 책이 내 몸에 붙게 만들려면 1년에 9권 이상만 읽으면 된다. 한 달에 채 1권도 되지 않는다. 이 평균을 넘어서면 책을 읽는 사람으로, 남과 다른 사람이 될 수 있다. 그리고 더 놀라운 것은 이 평균을 넘어서면 평균 이상을 넘는 것은 훨씬 더 쉽다는 것이다.

파블로 카잘스라는 첼리스트가 있었다. 그는 80살이 넘어서도 연습을 쉬지 않았다. 이미 첼로로 성공했고 명성도 있었던 그에게 사람들이 물었다.

"이미 성공한 첼리스트로 유명하고, 쉴 만한 나이가 됐는데도, 연습을 쉬지 않는 이유가 뭔가요?

"연습할 때마다 내 실력이 늘고 있다는 것을 느끼기 때문이지요."

파블로 카잘스가 80이 넘는 나이에도 첼로를 즐길 수 있는 마중물은 매일 일정시간 연습하는 습관이다. 물론 이 마중물은 하루아침에 만들어지지 않는다. 꾸준히 책을 읽고 싶다면, 꾸준히 책을 읽을 수 있는 마중물을 만들어야 한다. 그러기 위해서는 독서를 습관화시키면 된다.

독서 마중물을 만들면 독서를 지속하기가 쉬워진다. 거창한 마중물이 아니어도 좋다. 우선 작은 마중물부터 만들어라. 작은 마중물은 조금 더 큰 마중물을 만들 것이다. 조금 더 큰 마중물은 그 보다 더 큰 마중물을 만든다. 그러다 보면 독서가 내 삶에 녹아들게 된다. 독서 마중물은 인생의 마중물이 된다. 당신이 어떤 분야, 어떤 일을 하든지 간에 마중물이 되어줄 것이다.

처음부터 책 한 권을 다 읽겠다는 결심은 작심삼일이 되기 쉽다. 만약 30분을 읽기로 결정했다면 30분은 15분씩 두 번 10분씩 세 번 나눌 수 있다. 30분 정도면 출퇴근 시간을 쪼개 충분히 읽을 수 있다. 또 쪽 단위로 읽을 분량을 정할 수도 있다. 예를 들어 아침에 일어나서 1장, 점심에 1장, 자기 전 1장 이렇게 나눌 수도 있다. 핵심은 자신이 반드시 성공할 수 있는 분량을 정해야 한다는 것이다.

작은 성취는 나도 할 수 있다는 성취감을 준다. 그 성취감이 앞으로의 독서 습관을 주도하는 것은 말할 것도 없다. 너무 쉬워서 초등학생도 할 수 있는 정도의 수준부터 시작하라. 너무 높은 목표는 부담감과 포기를 부르기 쉽다. 그러다 보면 1장이 2장, 10장, 100장이 된다. 티끌 모아 태산이다.

처음 습관을 들이기는 쉽지 않지만 한 번 습관이 되기 시작하면 두 번째 세 번째는 쉽다.우리가 당연히 누리는 일상은 처음부터 만들어 진 것이 아니다. 대표적인 예로 식생활이 그렇다. 지금은 삼시 세끼가 당연해졌지만 예전에는 하루 1끼나 2끼를 먹는 게 일반적이었다. 먹을 것이 많지 않았기 때문이다.

그러나 사람들의 생활수준이 올라가고 먹을 것이 많아지면서 하루에 3번 식사를 하게 되었다. 그러자 위나 소화기

관은 하루 3번 먹는 식사에 적응하게 되었다. 식사 시간이 가까워지면 꼬르륵 나는 소리는 우리 몸이 습관에 적응한 결과다.

책을 읽는 것도 그렇게 일상에 조금씩 스며들게 하면 된다. 내가 할 수 있는 가장 쉬운 목표부터 조금씩 자주 횟수를 늘려 가면 된다. 그러다 보면 책 한 권을 뚝딱 읽게 된다. 1일 1독이 쉬워진다.

한 줄만 적어라

피아노에는 하농 이라는 게 있다. 하농은 아르페지오나 단조를 넣어 손가락 연습이 이루어지도록 하는 역할을 한다. 이것은 본격적인 곡을 치기 전 손가락 연습에 도움이 된다.

독서에도 손을 움직이는 것이 필요하다. 손을 움직이는 것은 본격적인 독서에 들어가기 전 준비운동을 하는 것과 같다. 여기서 준비운동이란, 손으로 베껴 쓰는 것이다. 이 베껴쓰기에는 제약이 없다. 그저 책 한 권을 읽고 좋은 문장을 적어도 좋고, 느낀 점이나 생각을 적으면 된다. 이것이 바로 독서 리뷰가 된다. 손을 움직여 적는 것만으로 두뇌는 활성화되고 이 활성화된 두뇌는 깊이 있는 독서를 가능하게 한다.

〈책만 보는 바보〉에서는 옛날 선조들이 어떻게 책을 읽었는지 보여주는 지표가 된다. 이서구와 이덕무는 한밤중에도 책을 빌려주고 빌려오고는 했다. 책을 읽고, 손으로 베껴 쓰고, 보완해야 할 점들을 적기도 했다고 한다. 후에 이덕무는 규장각 검서관이 된다. 필자는 이덕무가 정조로부터 능력을 인정받을 수 있었던 이유로 첫째는 독서를 꼽는다. 둘째는 손을 움직였기 때문이라고 생각한다. 그는 이만 권 이상의 책을 읽었고, 수 백 권의 책을 손으로 베껴 썼다.

책과 손은 분리해서 따로 생각할 수 없다. 우리가 밥을 먹을 때 당연히 숟가락, 젓가락을 한 세트로 생각하는 것처럼 책과 손도 그렇다. 책을 읽으면 자연히 손은 따라오게 된다. 지금도 책을 읽다보면 나도 모르게 볼펜을 잡게 되고 종이에 쓰고 싶은 충동을 느낀다.

가끔 책을 한 장 두 장 넘기다보면 책속에 빠질 때가 있다. 뭔가 쓰고 싶어지고 그러다 보면 해결해야 할 삶의 문제들이 불쑥 올라온다. 신기한 것은 그렇게 고민하고 끙끙대던 문제의 실마리를 아주 쉽게 책 속에서 찾는다는 것이다.

손은 내 영혼을 비추는 또 다른 거울과 같다. 평상시에는 가만히 있는 것 같다. 그러나 손을 움직이면 두뇌는 깨어날 준비를 하기 시작한다. 그리고 깨어나면 잠재력 그 이상을 발휘한다.

손은 두뇌가 지시하면 그것을 반영해서 움직인다. 손을 움직이는 것은 두뇌를 여는 하나의 의식적인 행동이다. 책은 손을 깨우는데 가장 좋은 도구 중에 하나다. 책을 읽기로 작정했다면 SNS에 한 줄 쓰기부터 시작해보자. 책을 읽고 똑같이 한 줄을 적는 것이다. SNS에 올려도 좋고, 독서 노트를 따로 마련해도 좋다. 개인적으로는 종이를 선호하는 편이다. 이것은 개인의 취향이기 때문에 편한 대로 하면 된다.

한 번 쓰기가 어렵지 두 번 세 번은 쉽다. 또, 한 줄은 적다 보면 한 줄로 끝나지 않게 된다. 한 줄이 두 줄이 되고, 두 줄이 열 줄 이상, 나중에는 a4 한 바닥 이상이 되기도 한다. 이것은 직접 필자가 경험한 경험담이다. 처음 책을 읽었을 때는 책에 메모를 한다거나 리뷰를 적는다는 것은 상상도 하지 못했다. 왜냐하면 그럴 시간에 책을 한 권이라도 더 읽는 게 낫다고 생각했기 때문이다. 빠른 성장을 원했고 그렇게 하는 것이 빨리 성장할 수 있다고 생각했다. 그러나 잘못 짚어도 완전 잘못 짚었다는 것을 알게 됐다.

필사에 대한 반응은 극과 극이다. 필사를 좋아하는 사람도 있고 필사를 싫어하는 사람도 있다. 책 한 권 전체를 필사할 필요는 없다. 그래서 필자는 초서쓰기를 한다. 초서란, 좋은 내용, 되새기고 싶은 내용들을 간추려 뽑아 베껴 쓰는 것이다. 막상 책을 읽고 나서 내가 무엇을 읽었는지 기억이 안날 때가 있다. 그럴 때 초서를 적어두면 그 메모를 보는 것만으로 책을 읽을 당시 내가 어떤 생각, 어떤 감정을 갖고 있었는지 기억을 되새기는 재료가 된다. 초서 독서법에 대한 자세한 내용이 궁금하다면 김병완 작가의 〈초의식 독서법〉을 참고하기 바란다.

책을 읽는 것은 읽지 않은 사람보다는 낫다. 그러나 더 많은 변화를 만날 수는 없다. 책을 읽고 손으로 베껴 쓰는 행위는 두뇌를 움직이게 한다. 그리고 그 행위들이 축적되면 어마어마한 일들이 일어난다. 갑자기 머리가 좋아진 것 같은 느낌이 든다. 인생의 크고 작은 어려움이 왔을 때 객관적으로 바라볼 수 있는 시야가 생긴다. 나아가 영혼의 깊은 바닥을 터치한다. 그 때 느낀 감정은 잠들어 있던 내 안의 잠재력이 폭발하는 느낌이었다. 이것은 해본 사람만이 소유할 수 있는 기쁨이다.

선택하고 집중하라

스티브 잡스가 애플로 다시 복귀했을 때, 주력상품을 뺀 소위 가지치기를 했다. 그 결과 지금의 애플이 됐다. 지금 애플하면 떠오르는 것은 아이폰, 아이패드다. 스티브 잡스는 분산되어 있는 기술과 집중력을 하나로 모았다.

〈48분 기적의 독서법〉, 〈초의식 독서법〉의 김병완 작가도 단순함을 강조한다. 그는 작가가 되기 전에 회사를 그만뒀다. 가족을 데리고 부산으로 갔다. 3년 동안 먹고 자고 책만 읽는다. 현재 60권이 넘는 책을 집필했다. 그는 평범한 직장인에서 독서, 글쓰기 수업을 하는 1인 기업가로 변신했다.

이 두 사람의 공통점은 무엇일까?

바로 단순함이다. 단순함이란 해야 할 일 한 가지를 선택하고 집중했다는 말과도 같다. 단순함에는 힘이 있다. 가지치기를 했기 때문에 집중력이 분산되지 않는다. 자연스럽게 하나에 몰두하게 되는 시간이 많아진다. 그러다보니 시간의 밀도, 집중력의 밀도가 깊어진다.

독서에 있어서 복잡해질 필요는 없다. 단순함이 답이다. 처음 책을 읽을 당시 필자가 주로 했던 고민은 책 선정이었다. 어떤 때는 서점에서 1시간동안 책만 고르기도 했다. 지금 생각하면 요령이 없었다. 그러나 그냥 버려지는 시간은 아니었다. 그 때 했던 고민이 좋은 책을 고르는 안목을 길렀기 때문이다.

그래서 필자는 베스트셀러보다는 좋은 책을 찾아 읽는 편이다. 어떤 사람에게는 만화책이 될 수도 있고, 아동 책이 될 수도 있다. 책 선정의 기준은 따로 없다. 시험을 보는 것도 아니고 다른 사람을 베낄 것도 아니다. 남들이 좋다고 하는 책이 나에게 다 좋은 책도 아니다. 내가 읽을 수 있는 책 또는 읽고 싶은 책, 그리고 읽으면 재밌을 것 같은 책부터 시작하면 된다.

독서의 시작은 잘 읽히는 책을 읽는 것. 읽어서 재밌는 책

을 읽는 것이다. 결국에는 꾸준히 독서를 습관화 할 수 있는 책을 읽는 것이다. 〈아주 작은 반복의 힘〉에서는 작은 것에서 어떻게 원하는 큰 목표를 이루는 가에 대해 말한다. 눈덩이는 눈을 뭉쳐야 만들어진다. 눈덩이를 굴리면 점점 커져서 눈사람을 만들 수 있는 크기가 된다.

독서도 그렇다. 책을 읽음으로써 또 다른 책을 읽고 싶은 욕망을 불러일으키는 것. 그것이 정말 좋은 책, 좋은 독서다. 일정 시간을 집중적으로 투자하고 집중 독서를 하라. 그러다 보면 노력하지 않아도 술술 넘어가는 독서를 하게 된다.

만약 당신의 삶에 책을 읽는 단순함을 추가시킨다면 그 단순함은 또 다른 단순함을 불러일으킨다. 당신의 시간과 삶을 재정비하게 된다. 단순함이란, 불필요한 일, 덜 중요한 일을 하지 않는 것이다. 그게 단순함의 진짜 목적이다.

세상에 있는 모든 일을 다 잘할 수는 없다. 이것 아니면 안되는 일, 미칠 수 있는 일을 해야 한다. 크게 주고 크게 얻어라. 그 열쇠는 어떤 선택을 하고 어디에 집중력을 쏟아 붓느냐에 따라 달려있다.

어렵다고 생각하면
한도 끝도 없다

대부분의 사람들은 오른손잡이다. 운동을 하는 중에 갑자기 관장님이 왼손으로 운동을 하라고 했다. 사람들은 모두 당황했다. 지금까지 해왔던 동작을 반대 손으로 해야 했기 때문이었다. 심지어 그 동작이 간단하지만은 않는다는 것도 한 몫 했다. 그 중에 왼손잡이는 한 명도 없었다.

일순간 모두 동작이 멈췄다. 그러다가 띄엄띄엄 해보기 시작했다. 어색했다. 오른손으로 할 때와는 천지차이였다. 그때 얼어있던 우리에게 관장님은 이렇게 말했다. "어렵다고 생각하면 한도 끝도 없어요. 일단 손을 뻗어보세요."

사람들은 낯선 것이 두렵다. 그게 인간 본래의 모습이다. 어쩌면 독서도 그런 것은 아닐까 싶다. 책을 읽는 것은 다른 사람의 인생을 펼쳐볼 수 있는 새로운 기회가 된다. 여태까지 살아왔던 개인의 방식이 변화하는 계기가 되기도 한다.

책을 읽고 당장 실천하지 못한다고 해도 괜찮다. 그것은 당연하다. 사람은 저마다 관성을 갖고 있기 때문이다. 그러나 책을 읽다보면 변화될 수 있다. 지속적인 동기부여, 긍정적인 피드백을 주입받기 때문이다.

소프트뱅크 회장 손정의가 그랬고 이랜드 회장 박성수가 그랬다. 그들은 병상에서 2~3년간 2000~3000권의 독서를 했다. 그 때 했던 집중 독서를 바탕으로 회사를 튼튼하게 키울 수 있었다. 그 외에도 책을 통해 인생이 변화된 사람들의 수는 셀 수 없을 만큼 많다. 위로가 되는 부분은 당신이 이미 책을 손에 들고 읽기 시작했다는 거다.

책을 집어든 그 순간부터 변화의 흐름에 서 있는 것이다. 그것은 변화의 가능성을 나타낸다. 그것이 크든 작든 중요하지 않다. 지금은 보이지 않을 지도 모른다. 그러나 계속 읽다보면 독서량은 쌓인다. 그렇게 쌓인 독서는 무시할 수 없는 재산이 된다.

대나무는 심고 나서 4년 동안은 자라지 않는 것처럼 보인다. 그러나 5년째 되는 해부터는 폭풍적으로 성장한다. 높이가 무려 28미터 가까이나 자란다. 0에서 28미터로 도약하는 셈이다.

　책을 읽어도 변화가 없는 것처럼 느껴지는가?
　마음처럼 인생이 풀리지 않는가?

　지금은 그렇게 보일지도 모른다. 대나무가 4년 동안 땅 속 깊이 묻혀있던 것처럼 말이다. 미물도 무르익는 시간이 필요하다. 하물며 사람은 어떻겠는가? 당장 결과가 나지 않는다고 조급해하지마라. 대나무가 땅 속에서 조금씩 자라 5년만에 열매를 맺은 것처럼 계속 읽다보면 독서의 열매를 맺는 날은 반드시 온다.

—

"독서는 99%의 기다림과 1%의 간절함이다."

타는 목마름으로　　　　　　　　　　　김지하

신새벽 뒷골목에

네 이름을 쓴다 민주주의여

내 머리는 너를 잊은 지 오래

내 발길은 너를 잊은 지 너무도 너무도 오래

오직 한 가닥 있어

타는 가슴 속 목마름의 기억이

네 이름을 남몰래 쓴다 민주주의여

아직 동트지 않은 뒷 골목의 어딘가

발자국소리 호르락소리 문 두드리는 소리

외마디 길고 긴 누군가의 비명 소리

신음소리 통곡소리 탄식소리 그 속에 내 가슴팍 속에

깊이깊이 새겨지는 네 이름 위에

네 이름의 외로운 눈부심 위에

살아오는 삶의 아픔

살아오는 저 푸르른 자유의 추억

되살아오는 끌려가는 벗들의 피묻은 얼굴

떨리는 손 떨리는 가슴

떨리는 치떨리는 노여움으로 나무 판자에

백묵으로 서툰 솜씨로 쓴다

숨죽여 흐느끼며

네 이름을 남 몰래 쓴다

타는 목마름으로

타는 목마름으로

민주주의여 만세

초고를 쓰고 기획부터 내용까지 뒤집기를 8번 이상 반복했다. 지쳐있었다. 그만두고 싶었다. 주변에서는 일단 지금 쓰고 있는 것을 책으로 내고 두 번째 책을 준비하라고 했다. 그러나 나 자신조차 용납되지 않은 글을 세상에 내보낼 수 없었다. 작년 5월부터 시작한 원고는 올해 3월 말에서야 종지부를 찍었다. 쓰는 내내 간절히 기도했다. 내 책이 누군가에게는 용기가 되고 위로가 되기를, 누군가에게는 독서를 시작하는 계기가 되기를 말이다. 독자에게 도움이 되는 글을 쓰고 싶었다. 필자 또한 여러 작가들의 책을 읽으며 그런 도움을 받았기 때문이다. 뭔가 줄 수 있는 사람이 되고 싶었다.

1장에서 지루함을 견디면 책이 읽힌다고 말했다. 그렇다. 독서는 기다림이 필요한 일이다. 독서뿐만 아닌 모든 일이 그렇다. 그런 기다림이 있기에 우리가 하려는 일이 더 가치가 있다. 처음 책을 읽을 때만 해도 작가가 무슨 말을 하는지 알지 못했다. 그럴 때면 조금 쉬운 단계의 책부터 읽었다. 그렇게 독서량이 축적되면 몇 달 뒤 혹은 1~2년 뒤에 어려운 책에 도전했다. 그래도 이해가 안 되면 다시 시간을 두었다.

보통 2번째 까지 시간을 갖는 경우는 드물었다. 2번째 봐도 이해가 되지 않거나 재미없는 책은 그냥 덮었다. 어떻게 책을 읽어야 하냐는 질문에 유시민 작가는 읽고 싶은 책부터 읽으라고 말했다. 세상에는 읽을 책이 아주 많기 때문이다. 세상에 있는 모든 책을 읽고 싶지만 그럴 수는 없다. 마치 여행하고 싶은 나라는 많은데 다 할 수 없는 것처럼 말이다.

　그러나 절대 타협하지 말아야 할 마음이 있다. 바로 포기하는 마음이다. 이 말은 더 이상 기다리지 않겠다는 것을 의미한다. 보통 사람들이 독서를 포기하는 이유는 임계점에 도달하기까지 기다리지 못하기 때문이다. 자신의 독서력이 성장할 때까지 기다리지 않기 때문이다. 여기서 독서력이라는 말은 책을 읽는 능력을 말한다. 그것은 이해도나 속도 등도 포함된다.

　책을 읽는 것은 지루함을 동반하는 과정이다. 그러나 지루하더라도 버티면 책은 읽힌다. 그 때부터 독서가 재밌어지기 시작한다. 바로 이 기다림이 독서의 99% 정도를 차지한다. 그렇다면 1%는 무엇일까? 필자는 간절함이라고 생각한다. 절실한 마음이 동기를 만든다. 그리고 그 동기는 독서를 지속하게 한다. 앞에 소개한 김지하 시인의 '타는 목마름으로'라는 시를 읽으면 간절함이란 이런 거라는 것을 느끼게 된다.

　간절함은 모든 게 완벽한 상황에서는 오지 않는다. 결핍이 있을수록, 박해를 받을수록 더더욱 강해진다. 과거 민주화

운동을 탄압할 때 민주화에 대한 갈망이 더 타오른 것과 같다. 필자는 간절할 때 독서를 시작했다. 그것이 지금까지 독서를 지속할 수 있었던 비결이라고 생각한다. 꿈이 없었고, 가난했으며, 공부도 하지 않았다. 직장에서는 매일 치였다. 그러던 어느 날 내 자신에게 화가 났다. 변화하고 싶었다. 매일 지는 삶이 아닌, 지쳐서 찌든 삶이 아닌 승리하는 삶을 살고 싶었다.

그래서 책을 읽기 시작했다. 내가 닮고 싶은 사람들, 성공한 사람들을 만나기 시작했다. 책에 나온 내용을 믿었고 실천했다. 그랬더니 내 삶이 조금씩 변하기 시작했다. 내 주변에 책을 읽고 책을 쓰는 사람들을 만나게 됐다. 독자에서 작가로 탈바꿈했다. 종이에 쓴 꿈들이 놀랍게도 이루어지기 시작했다.

기다림과 간절함은 독서뿐만 아니라 다른 영역에도 적용될 수 있다. 종교도 마찬가지다. 간절함이 없으면 믿을 수 없다. 믿지 않으면 이루어지지 않는다. 어중간하면 아무 일도 일어나지 않는다. 필자는 기독교인이다. 어떤 독자들은 거부감을 느낄 수도 있다. 기독교가 본이 되지 못하고 있기 때

문이다. 매스컴에서 교회의 부정적인 모습을 보도한 영향도
크다.

그러나 모든 교회가, 모든 목사님이, 모든 기독교인이 그
런 것은 아니다. 어딘가에서 자신의 일생을 바쳐 아프리카나
다른 나라에서 학교를 짓고, 삶을 나누는 사람들도 있다. 선
행을 베푸는 이도 있다. 마음을 열고 들어주셨으면 좋겠다.
그러나 그렇지 않아도 어쩔 수 없다고 생각한다. 어느 종교
가 우월하다거나 그런 부분을 말하는 것도 아니다. 종교적
논쟁을 하자는 것이 아니다. 필자는 지금 이야기를 들어달라
고 호소하고 있는 것이다.

사람들은 종교가 무엇이든 자신들의 소원을 놓고 기도를
한다. 이루어지면 감사하지만 이루어지지 않으면 기도의 힘
을 무시한다. 기도의 능력을 믿지 않는 것이다.

그러나 이루어지는 기도는 따로 있다. 그 전제조건이 기다
림이다. 포인트는 우리가 원하는 때가 아닌 하나님이 원하시
는 때에 이루어진다는 것이다. 그 과정에서 고난과 시련을
겪기도 한다. 그러면 사람들은 원망한다. 왜 나에게 이런 시
련을 주었느냐고, 필자 또한 그랬다.

우리 부부는 조산의 아픔을 겪었다. 아이는 자발호흡이 되지 않았고, 분유를 줘도 먹지 못했다. 그래서 인큐베이터에 들어갔다. 고관절 탈구도 의심되는 상황이었다. 아이가 혼자서 삶과 싸우고 있던 그 때에 나도 싸우고 있었다. 출산 후에도 조절되지 않는 혈압 때문에 혈압 강하제를 맞았고, 안 그래도 부어있던 몸은 수술 이후 더 부었다.

그래서 이틀 동안은 침대에 누워만 있어야 했다. 걸을 수 있게 된 후에도 하지부종으로 극심한 통증에 시달렸다. 다리가 돌처럼 굳어서 딱딱했다. 이것 때문에 신경이 쓰여 잠을 잘 수 없을 정도였다.

입원 후 무척 심심했다. 글자가 보이지 않아 책을 읽을 수 없었기 때문이다. 수요일 저녁, 심심하던 차에 병원 내 교회가 있어서 예배를 드리러 갔다. 왜 우리 가족에게 이런 일이 일어났는지 원망하면서 하나님께 물었다. 그 때 하나님은 그것이 우리 가족에게 반드시 필요한 과정이라고 말씀하셨다. 그 이후 아이는 엄청난 속도로 빠르게 회복되었다. 10일 만에 퇴원조치가 내려졌다.

엄청 잘 먹고 크고 있지만, 아직도 또래에 비해서는 작은 편이다. 기관지가 약해 다른 아이들보다 감기에도 훨씬 더 잘 걸린다. 지금도 왜 하나님이 그것이 우리 가족에게 필요한 과정이라고 말씀하셨는지는 솔직히 잘 모르겠다.

아마 그 일을 통해 우리 가족이 하나님을 더 의지하기를 바라는 것이 아니었을까 추측할 뿐이다. 그러나 필자는 하나님의 선하심을 신뢰한다. 나에게 가장 좋은 것을 주셨고 앞으로도 그렇게 인도 하실 거라고 믿는다.

필자는 기독교인이라고 말하기에는 부끄러운 사람이다. 교회를 왔다갔다 했지만 성경을 믿지 않았기 때문이다. 나의 가치와 이상은 여전히 세상의 기준을 따르고 있었다. 그러다 몇 달 전, 〈오두막〉이라는 책을 읽으며 하나님의 선하심을 확신하게 되었다. 이 책은 현재 영화로 만들어졌다.

소설 〈오두막〉에서는 유괴범에게 딸을 잃은 아빠가 나온다. 딸의 시체가 발견된 오두막에서 아빠는 환상 가운데 성부, 성자, 하나님을 만난다. 왜 자신의 딸이 죽어갈 때 구해주지 않았느냐고 하나님께 묻는다. 그 때 하나님은 인간을 너무 사랑했기 때문에 그렇다고 말씀하신다.

아담과 하와의 선악과 사건으로 인류의 최초의 죄가 들어

왔을 때, 하나님은 인간에게 자유의지, 즉, 선택할 수 있는 자유를 주었다. 그 결과 무수한 혼란과 고통이 인간에게 나타날 것을 알았지만 그렇게 하셨다. 왜냐하면 강제로 인간을 구속하고 싶지 않았기 때문이다. 너무 사랑하셨기 때문이다.

진정한 사랑은 상대를 내가 원하는 대로 바꾸려고 하지 않는 것이다. 있는 그대로의 상대를 인정해주는 것이 사랑이다. 여기 당신을 향해 그런 사랑을 보이시는 분이 있다. 하나님은 자신의 아들 예수님을 통해 우리에게 그런 사랑의 본을 보이셨다. 인간의 죄를 당신의 아들에게 대신 지게 하신 것이다. 예수님은 십자가에서 돌아가셨고 그 결과로 인간은 죄 사함을 얻었다.

그 분의 사랑과 기다림은 인간과는 달라서 99%가 아닌 100% 당신을 기다리신다. 당신을 기다리시는 그 분에 대해서 딱 한 번만 알아보기를 바란다. 데이비드 그레고리의 〈예수와 함께한 저녁식사〉를 보면 예수님이 우리의 삶에 어떻게 나타나고 개입하시는지 짐작할 수 있다. 그 분의 100% 기다림과 당신의 0.1%의 간절함이 만난다면 어떤 일이 일어날지 무척 기대가 된다.

이 책이 완성되기까지 기도해주셨던 많은 분들에게 감사드린다. 아이를 돌봐주신 부모님과 나의 사랑 나의 신랑, 사랑하는 딸 이레에게 감사한다. 딸이 태어나지 않았다면 이렇게 빨리 책을 쓸 생각을 하지 못했을 것이다. 3년 전, 작가의 꿈을 이룰 수 있도록 도와주신 김병완 작가님과 피드백 주신 여러 작가님들에게 감사드린다. 지난 8개월 동안 묵묵히 원고를 기다려주신 가나북스 배수현 대표님과 책을 만들어 주신 박수정 실장님께도 감사드린다.

갭이어

학업을 잠시 중단하거나 병행하면서 봉사, 여행, 진로탐색, 교육, 인턴, 창업 등의 활동을 체험하며 흥미와 적성을 찾고 앞으로의 진로를 설정하는 기간을 말한다.

간도협약

간도 지역에 대한 조선과 청의 교섭이 시작된 것은 1712년(숙종 38)이다. 당시 양국 대표들은 백두산을 답사하여 현지 조사를 마친 뒤 국경을 확정한다는 의미에서 백두산정계비를 건립했다. 비문에는 동으로 압록강, 서로는 토문강의 분수령에 정계비를 세운 것으로 명기하였다. 그러나 후일 간도의 귀속문제가 발생할 소지가 여기에 내재해 있었다. 양국 대표가 합의한 토문강의 위치가 서로 달랐기 때문이다. 두만강의 상류라는 것이 청국 측 입장이었던 반면, 조선 측은 만주 내륙의 쑹화 강 상류라고 보았다.

'을사보호조약'을 강요하여 대한제국으로부터 외교권을 박탈한 일본은 1907년 간도에 통감부 간도파출소를 설치하고, 간도는 한국의 영토이므로 간도 거주 한국인은 청나라 정부에 납세의무가 없음을 천명하였다. 그러나 일본은 대륙침략의 발판을 얻기 위해 1909년 남만주철도 부설권과 무순탄광 개발권을 얻는 대신, 두만강을 국경으로 하고, 간도의 한민족은 청나라의 법률 관할 하에 두어 납세와 행정상의 처분도 청국인과 같이 취급한다는 내용을 골자로 간도협약을 맺었다.

리바운드

농구 경기에서 슛을 한 공이 바스켓 안에 들어가지 않고 림이나 백보드에 맞아 튕겨 나온 것을 잡아내는 기술을 이르는 말한다. 농구 경기에서 리바운드 장악은 경기의 승패를 결정짓는 매우 중요한 요소이다.

풋워크

발의 움직임. 발자국 놀이, 풋볼이나 바스켓볼과 같은 구기분만 아니라 복싱 등에 있어서 기본이 되는 발의 움직임을 말한다.

스크린아웃

농구에서 상대 팀 선수들보다 먼저 리바운드를 잡기 위해 유리한 위치를 점하는 것, 즉 상대 팀 선수들을 골 밑 지역에서 밀어내는 것을 가리킨다. 박스아웃이라고도 한다.

친명배금정책

조선 인조 때 명나라를 중시하고 청나라를 멸시한 정책. 이러한 외교정책의 기조는 금나라의 반발을 불러 일으켰고, 명나라를 정벌하고자 하는 금으로서는 배후에 있는 조선을 확고하게 굴복시킬 필요가 있었다. 이로 인해 정묘호란이 일어났으며, 이후 후금의 요구와 약탈에 시달리던 조선 내부에서 배척 감정이 점점 심해지자 그들은 이름을 '청'으로 바꾼 후 조선에 재침입 했는데 이것이 병자호란이다.

삼전도의 굴욕

인조는 남한산성에서 항전을 계속하지만 결국 청나라에 항복하게 된다. 이에 인조는 1637년 1월 30일 삼전도로 나아가 청태종 앞에 무릎을 꿇고 항복을 하게 된다. 그 결과 많은 신하들과 왕자들이 인질로 붙잡혀 가게 되었고, 대청 황제의 공덕을 기리는 삼전도비(대청황제공덕비)를 세우게 된다.

살수대첩

612년(영양왕 23) 중국 수나라의 군대를 고구려가 살수(지금의 청천강)에서 크게 격파한 싸움. 중국의 남북조와 북아시아 유목민세계의 돌궐, 그리고 고구려·백제·신라 등을 축으로 편성된 동아시아의 국제질서는 589년(평원왕 31)수나라의 남북조통일과 팽창에 따라 파괴, 재편성되지 않을 수 없었다. 이러한 과정에서 새로 편성되어야 할 국제질서에서의 주도권을 둘러싼 투쟁의 하나가 바로 고구려와 수나라의 충돌이었다. 특히, 퇴각하는 수군이 살수를 건너고 있을 때 이들을 배후에서 공격해 수나라 장수 신세웅이 전사하는 등 대대적인 전과를 올려 요동성까지 살아간 병력은 겨우 2,700명에 불과했다고 한다.

명량대첩

정유재란 때인 1597년(선조 30) 9월 16일 이순신이 명량(울돌목: 전라남도 진도와 육지 사이의 해협)에서 일본 수군을 대파한 해전.

이닝

회라고도 한다. 두 팀이 공격과 수비를 1회씩 했을 때 1이닝이 끝났다고 한다. 일반적으로 야구는 9이닝, 소프트볼은 7이닝, 크리켓은 2이닝으로 한 경기(연장전 제외)가 구성되어 있다.

자책점

투수가 책임을 져야 할 실점.

평균 자책점

야구에서 투수를 평가하는 지표 중 하나다. 투수의 9 이닝당 자책점으로 나타내며 비교적 계산하기 쉽기 때문에 예전부터 투수를 평가하는 지표 중에서 가장 중요하게 여겨졌으나 등판 경기수, 상대의 타력, 수비력 등의 차이를 반영하기 힘들다는 단점이 있기 때문에 이를 반영하여 보정한 조정 평균 자책점이 나오게 되었다.

승패병가지상사

이기고 지는 것은 병가에서 일상적인 일이다. 〈당서〉 배도전에 나오는 말이다. 특히 전쟁에 패하고 낙심하고 있는 임금이나 장군들을 위로하기 위해 늘 인용된다. 전쟁을 직업처럼 일삼고 있는 병가로서는 이기고 지는 것을 당연한 것으로 알고 있어야 한다. 기뻐하지도 낙심하지도 말고 당연히 있을 수 있는 일이라는 태연하게 받아들여야 한다. 앞으로의 대책에 보다 신중을 기하라는 뜻이다.

갭이어 〈출처: 네이버 지식백과 시사상식사전, 박문각〉
풋워크 〈출처: 네이버 지식백과 체육학 대사전〉
간도협약 〈출처: 네이버 지식백과 한국민족문화대백과, 한국학중앙연구원〉
리바운드 〈출처: 네이버 지식백과 두산백과 〉
친명배금정책 〈출처: 네이버 지식백과 두산백과〉
삼전도의 굴욕〈 출처: 네이버 지색백과 EBS 동영상백과〉
살수대첩 〈출처: 네이버 지식백과 한국민족문화대백과, 한국학중앙연구원〉
명량대첩 〈출처: 네이버 지식백과 한국민족문화대백과, 한국학중앙연구원〉
이닝 〈출처: 네이버 지식백과 두산백과〉
자책점 〈출처: 네이버 지식백과 두산백과〉
평균 자책점 〈출처: 위키백과〉
승패병가지상사 〈출처: 네이버 지식백과 한자성어·고사 명언구 사전, 이담북스〉

〈슬램덩크〉 완전판 1~24권 이노우에 다케히코 (대원씨아이)

〈상남 2인조〉 후지사와 토루 (학산 문화사, 2011)

〈GTO 반항하지마〉 후지사와 토루 (학산 문화사, 2010)

〈미스터 초밥왕 애장판〉 다이스케 테라사와 (학산 문화사)

〈당신의 가치를 10배 올리는 시간 투자법〉 카츠마 카츠요 (말글빛냄)

〈독서 8년〉 황희철 (차이정원, 2016)

〈세상에 너를 소리쳐〉 빅뱅 (쌤앤파커스, 2009)

〈꿈꾸는 다락방 스페셜 에디션〉 이지성 (국일미디어, 2009)

〈데일카네기의 인간관계론〉 데일 카네기 (씨앗을 뿌리는 사람, 2004)

〈ping〉 스튜어트 에이버리 골드 (웅진윙스)

〈스물일곱, 이건희처럼〉 이지성 (다산라이프, 2010)

〈그건 내 인생이 아니다〉 서동일 (프레너미, 2016)

〈내가 글을 쓰는 이유〉 이은대 (슬로래빗, 2016)

〈아픔 공부〉 이은대 (생각수레, 2016)

〈천천히 깊게 읽는 즐거움〉 이토 우지다카 (21세기 북스, 2012)

〈생각의 비밀〉 김승호 (황금사자, 2015)

〈표현의 기술〉 유시민, 정훈이 (생각의 길, 2016)

〈살수 1,2〉 김진명 (알에이치코리아, 2012)

〈글자전쟁〉 김진명 (새움, 2015)

〈몽유도원 1,2〉   김진명 (새움, 2010)

〈고구려 1~5〉   김진명 (새움, 2013)

〈머지않아 중국과 일하게 될 당신에게〉   조민정 (이콘, 2016)

〈청소년을 위한 칼의 노래〉   김 훈 (생각의 나무, 2004)

〈발해고〉   유득공 (홍익출판사, 2000)

〈쉽게 읽는 북학의〉   박제가 (돌베개, 2014)

〈세븐 파워 교육〉   최하진 (베가북스, 2014)

〈린치핀〉   세스고딘 (21세기 북스. 2010)

〈책 열권을 동시에 읽어라〉   나루케 마코토 (뜨인돌, 2009)

〈심플하게 산다〉   도미니크 로로 (바다출판사, 2012)

〈인생이 빛나는 정리의 마법〉   곤도 마리에 (더난출판사, 2012)

〈청소력〉   마쓰다 마쓰히로 (나무한그루, 2007)

〈그들이 어떻게 일하는지 나는 안다〉   크리스 베일리 (알에이치코리아, 2016)

〈개역개정 NIV 한영스터디 성경〉

〈토요일 4시간〉   신인철 (리더스북, 2011)

〈유시민의 공감필법〉   유시민 (창비, 2016)

〈유시민의 글쓰기 특강〉   유시민 (생각의 길, 2015)

영화 〈예스맨〉   페이튼 리드 (2008)

서시   윤동주

〈인생아 고맙다〉   이지성 (홍익출판사, 2012)

〈10배의 법칙〉   그랜트 카돈 (티핑포인트, 2016)

낙화   이형기

〈세상을 서빙하다〉   이효찬 (살림, 2015)

〈아주 작은 반복의 힘〉   로버트 마우어 (스몰빅라이프, 2016)

〈원씽〉   게리 켈러 (비즈니스북스, 2013)

〈나는 고작 한번 해봤을 뿐이다〉   김민태 (위즈덤하우스, 2016)

〈당신은 겉보기에 노력하고 있을 뿐〉   리상룽 (북플라자, 2016)

〈어떻게 살 것인가〉 　　　　　　유시민 (생각의길, 2013)

〈책만 보는 바보〉 　　　　　　　안소영(보림출판사, 2005)

〈초의식 독서법〉 　　　　　　　김병완 (아템포, 2014)

〈48분 기적의 독서법〉 　　　　김병완 (미다스북스, 2013)

〈who? 스티브잡스〉 　　　　　　김원식 (다산어린이, 2015)

〈마음을 비우면 얻어지는 것들〉 　김상운 (정신세계사, 2011)

〈왓칭〉 　　　　　　　　　　　김상운 (21세기 북스, 2012)

〈네빌고다드 5일간의 강의〉 　　네빌고다드 (서른 세 개의 계단, 2011)

〈네빌고다드 라디오 강의〉 　　네빌고다드 (서른 세 개의 계단, 2011)

〈습관의 재발견〉 　　　　　　스티븐 기즈 (비즈니스북스, 2014)

〈독서는 절대 나를 배신하지 않는다〉 사이토 다카시 (걷는 나무, 2015)

〈부자가 되는 정리의 힘〉 　　윤선현 (위즈덤 하우스, 2015)

〈오두막〉 　　　　　　　　　윌리엄 폴 영 (세계사, 2015)

타는 목마름으로 　　　　　　김지하

노래

김건모/ 잘못된 만남 가사 (1995 3집 잘못된 만남 앨범 수록)

방송

〈꼴찌들의 통쾌한 승리, 꼴통쇼〉 (최하진 박사편, 1부~6부 2014-11-14)

통계

2011~2015 지역별 성인의 일반도서 독서량

통계청 e-나라지표 (2016-08-17 갱신)

기사

연합뉴스 '괴물쇼 재현된다'…류현진, 2017년 다저스 선발 확정 2017-03-28